방촌
문학

방촌문학 제5집

초판 1쇄	2023년 5월 18일
지은이	고옥귀, 유윤수, 이정빈, 최상만, 김호동
펴낸이	고옥귀
펴낸곳	방촌문학사
출판등록	2015. 9. 16(제419-2015-000015호)
주소	강원도 원주시 소초면 교항공산길 21-10
전화번호	033-732-2638
이메일	dhdpsm@hanmail.net

편집	최상만
디자인	(주)북랩
제작처	(주)북랩 www.book.co.kr

ISBN	979-11-89136-16-1 03810(종이책)　979-11-89136-17-8 05810(전자책)
ISSN	2734-1348

방촌문학

제5집

문학과현실작가회

방촌문학사

발간사

글을 쓰는 일이 처절한 아픔이어야 한다고 주장하는 사람이 있다. 그런 주장이 틀렸다고 생각하지는 않는다. 시어를 찾아내기 위해 고민하고 처절한 고통을 통해 좋은 글이 탄생하는 것을 부인하지 않는다. 그렇다고 해서 아프지 않은 시는 시가 될 수 없다고 말하는 것은 지나친 자기중심적인 사고가 아닐까 생각한다.

문학은 형식도 중요하다. 하지만 감동이 없는 문학은 그 생명을 유지할 수 없다. 문학의 생명은 독자가 깊이 감동할 때 문학으로서 가치 있는 문학이 된다. 감동이 있으면 독자들이 몰려든다. 감동이 있으면 독자는 읽고 싶어 한다. 문학은 그래야 한다. 그런 문학을 위해 노력해야 한다.

개인적인 상징이나 개인의 경험이 본편성을 얻지 못하면 그 작품은 작품으로서의 가치를 잃는다. '문학과현실작가회'의 문학을 사랑하는 열정과 의욕에 큰 박수를 쳐야 한다. 하지만 '방촌문학' 제5집의 작품에는 개인적인 감성을 문학적 형상화로 나가야 하는 경우가 적지 않다. 소설 작품도 감동과 독자의 지평을 고민해야 하는 부분도 있다.

물론 모든 작품이 감동을 주고, 문학성을 지니며, 심금을 울릴 수는 없다. 하지만 혹독하고 치열한 고뇌와 문장에 대한 땀냄새를 풍기지 않는다면 독자들을 글에서 멀어질 것이다. 문학이 무엇을 해야 하는지 방향성을 잃어서는 문학 하는 의미가 없을 것이다.

　독자의 요구가 무엇인지 자성해야 할 것이다. 자기만족을 위한 작품이라면 일기를 쓰는 것이 나을 것이다. 문학은 작가의 산물이지만 독자의 독서 활동으로 완성되기 때문이다. 독자의 배경지식에 따라 느끼는 감성은 다르겠지만 독자 없는 작품은 작품이 아니라 인쇄된 자료일 뿐이다.

　그동안 다섯 번째 '방촌문학'을 발간하면서 나름 성장해 왔다고 자부하지만 이것으로 만족할 수는 없다. 독하게 쓰지 않는다면 '방촌문학'은 우리들만의 리그가 될 것이다. 그것은 문학이 추구하는 길이 아니다. 독자의 공감을 얻을 수 있고 울림을 줄 수 있는 글을 향해 나가야 할 것이다.

　오늘따라 그동안 써온 시에게 미안한 생각이든다.

2023. 5. 15.
방촌문학회원 일동

차 / 례

숲을 헤치고 나무 사이를 뛰며 달렸습니다.

숨이 가빠오고 몸은 무거워져서

자꾸만 주저앉아 버리고 싶은 생각입니다.

그러나 뛰지 않으면 안 됩니다.

사냥꾼에게 잡히지 않으려면 뛰고 또 뛰어야 합니다.

- 고옥귀 소설 「곰순이」 중에서 -

꿈꾸는 게 어디 기러기뿐이겠는가

악산 고옥귀
시인, 소설가

부산 혜화여자고등학교 졸업
부산 춘해간호대학 중퇴
《문학과 현실》시 부문 등단
한국문인협회 회원

저서

소설 _
『구름으로 걷는 아이』(문학생활사, 1987)
『용수골 나팔수』(문학과현실사, 2014)
『북촌로 향기』(방촌문학사, 2016)
『고래가 되어』(방촌문학사, 2018)
『붉은 갈대』(방촌문학사, 2019)

시집 _
『사랑보다 달았던 것』(C&S, 2010)
『작은 동네』(문학과현실사, 2013)

달빛으로 쓴 편지

종이도 없이
펜도 없이

그리움을 펼쳐놓고
눈물로 적셨는지

얼룩진 편지 한 장
꿈에서 읽은 듯하더이다.

못다 한 인연
서러움 되어

하늘에서도
울었나 봅니다.

땅에서는
내일 비가 오리라 싶네요.

그날

기러기 날던
저녁 하늘이
회색빛으로 우울했다.

영문도
알 수 없었던
그날의 우울은

빛이
차단된
갱 속의 어둠에서였다.

광부는
아직도
터널의 어둠 속에서 자유롭지 못했고

하늘이

쾌청하고

광부의 터널도 쾌청할

그날은

언제 오려나

그날이 언제일지

꿈꾸는 게

어디

기러기뿐이겠는가

나비

모시 적삼 같은
날개를 펴고

훨훨

봄바람 같은
날갯짓으로

파르르 파르르

이 꽃 저 꽃
옮겨가며

하늘하늘

나비가
춤을 추고

봄이
춤을 추리라

닭장 풍경

아침이면
닭장 속으로 날아드는
참새 떼들

촘촘히 엮어진
철망을
용케도 뚫고 들어온다.

닭장 안에
모이들
들킬세라 훔쳐 먹고

다시
날아가 버리는
참새 떼들

닭들은
정말

몰랐던 걸까

참새 떼들

몰려와

훔쳐 먹는 것을

봄

오래 묵은 느티나무
한 그루
사람을 부른다.

못 이기는 척
가까이 다가가
섰노라면

선비 같은
바람 한 점
스쳐 가고

철 이른
나비 한 마리
동행하듯 바람 따라 난다.

발밑에는

속 깊은

흙이 꿈틀대고

어딘가에서

봄이

오고 있나 보다.

새장

사면이
콘크리트 속이다.

한 마디의 소음도
용납하지 않는

아파트의 질서
무료하고 권태하다.

새는
새장에서도 지저귀더라.

오늘
나는 한 마리의 새가 되리라.

흘러간
애창곡을 목이 쉬도록 불렀다.

이웃의 소음으로
주민이 고통을 호소한다는 관리실의 방송

그랬거나
말았거나

나는
오늘 한 마리의 새가 되어 노래를 부른다.

세일

백화점에서
세일 행사가 있다고

무료한
동네 아주머니

입소문 내며
여기저기 전하더니

무리를 지어
행차까지 하셨는데

돌아오는 길에는
아무도 입도 뻥긋대지 않더라.

백화점 세일은
아직도 서민들의 몫은 아니었나부네

빈손으로 돌아온

궁색함이 안쓰럽다.

소원이 있다면

소원이 있다면
지금
이 나이에도 소원이 있다면

나는
한 떨기의 잡초 같은
꽃이 되렵니다.

향이 짙은
백합도
싫소이다.

길섶에
아무렇게나
피어도

오가는 사람들
한 번쯤
마주해 주는

그런
작은
잡초꽃 되어

올망졸망
작은 꽃송이 피워내는
잡초꽃으로 피렵니다.

수상한 세상

세상은
참
수상스럽드라

어제
뉴스에서는
5차 회담
6차 회담 남북 간의 회담이
형제처럼 정답더니

이제는
하늘 향해 미사일
오늘은 바다를 향해 핵실험

무시무시한 용어들이
무차별하게 쏟아지드라

남녘 국민

북녘 동포

한민족임을 잊은 지 오래인가

수상한 세상

뉴스 듣기도 수상스럽다.

숲속에서

숲속에서
들려오는
소리

귀 기울이면
들려오는
속삭임

올봄에
처음으로 움을 틔울
새싹 이야기며

봄기운에 취해
머리부터 내민
쑥대 이야기며

보랏빛

물들이느라 분주한

제비꽃들의 속삭임도 들린다.

봄을

장식하느라

숲속은 겨울부터 바빴던가 보다.

어느 날 밤에

밤하늘에
별은
총총

찬란한
빛이
외로운 마음을 유혹한다.

보석 같은
저곳
별나라

가는 길이
숲일까
강일까

가늠할 수도 없는

그 길

먼 길

무심한 듯

재어보는 심사는

외로운 탓인가.

어머니

내가
태어났을 때

어머니는
내 첫울음을 들어주셨고

허우적거리는
두 손을 모아 잡아 주셨으니

흔들려도 흔들거리지 않고
비틀거려도 쓰러지지 않았던

이유인 것
같습니다.

젖을 물려
배를 채워 주셨으니

그

젖줄이 어디 마르기나 할른지요.

마르지 않을

어머니의 젖줄이 사랑입니다

치악산

산아
우리 딱 한번만 사랑하자
아무도 모르게

사계절을 품은 가슴
우람하고
든든하드라

산아
우리 딱 한번만 취해보자
은밀하게

바람도 비켜가고
구름도 머물렀던
절경 속에서

천년만년을

묵묵하게

지켜 온 세월

하늘도 알고

땅도 알더라

치악산 너는 위대한 사랑이었다는 것을

코로나19라는

세계인을
떨게 했던
코로나19 바이러스

사람마다
가면처럼
마스크를 써야 했던

어둡고
칙칙한
시대

요행만을
바라며
조심하는 게 전부이었거늘

알게

모르게

침투한 그놈은

고문 같은

아픔으로

몸을 채찍질한다.

유령보다

무섭더라

형체도 없는 그놈은

콩나물국밥

속이
허전하다
늙어 가나 보다.

먹어도
빈속 같고
마셔도 빈속 같다.

맛 모르고
먹는 탓인가.
얼굴만 창백해진다.

하루가
멀다고
날마다 들렀다 가는 딸

속이라도

후련해지라고

배달시켜준 콩나물국밥

목줄기를

넘기는

한 그릇의 국물

눈물처럼

뜨겁다.

마음처럼 뜨겁다.

퇴근길

퇴근길
발걸음은
출근길만큼이나 분주하다.

어느
길목
편의점 테이블

너와 내가
마주 앉기에
편하기도 했지.

우연히 만났어도
우연이
아닌 듯

주고받는
술잔마다

웃음이 넘치고

하루살이
고되었음을
술처럼 마신다.

웃으면
마시고
술잔 부딪치며 웃자.

나도 웃고
너도 웃고
한번 더 웃자.

내일의 고됨은
내일에
맡기며

은행나무

신작로 어귀에
은행나무 한 그루

가을 되면
잎새마다
황금빛이더라

어느
염색가의 물감질이
저리도 고우신가

진하지도 않고
더
엷어지지도 않게

은행나무의
잎새마다 고이 물들여 놓고

햇살도

보태고

빗물도 뿌려졌으리

바람아

늦가을 바람아

시샘하듯 불지 말아라.

저

고운 은행잎

멀리멀리 가버릴라

아파트

아파트는
새장보다 더 독하다.

이웃집의 소음도
용납하지 않고

팽팽한 질서는
무료하고 권태롭다.

흘러간
애창곡이라도 불러 볼까
목이 쉬도록 목청 높여 본다.

새는
새장에서도 지저귀던데

아파트에서는
이웃 간에 신고가 들어온다.

소음으로

고통받는다는 주민의 호소가 있다고

관리실 방송이 노래 소리보다 크게 울린다.

아파트 공간은

새장보다 자유가 없다.

곰순이

곰순이는 태어난 지 일 년도 채 안 된 어린 암컷 곰입니다. 짙은 색의 털이 온몸을 덮었고 두 귀밑과 목 중앙으로는 하얀 털이 예쁘게 자라나고 있었습니다. 어미의 젖을 충분히 먹어서 인지 온몸을 덮고 있는 회색빛 털은 윤기가 좌르르 흐릅니다. 부드럽고 윤기 있는 털 때문인지 곰순이는 특별히 예뻐 보였습니다. 어미의 젖을 듬뿍 먹었거나 먹이를 충분히 먹고 난 후면 어미와 함께 장난치는 곰순이의 모습은 갓난아이 진배없이 아름답기까지 했습니다. 어미와 눈을 맞추고 두 발을 치올리며 뒤뚱거릴 때도 정말 예쁩니다.

숲속은 곰순이와 곰순이 어미가 살고 있는 천국 같은 보금자리였습니다. 아침 햇살이 나무들 잎새마다 방울처럼 달려 반짝거릴 때에도 이곳저곳 날아다니며 지저귀는 새들의 지저귐을 들을 때에도 곰순이의 눈빛은 황홀해진 듯 반짝거립니다.

곰순이는 세상에 태어난 것에 감사하며 그날그날을 행복하게 보내고 있는 예쁜 곰임에 틀림없었습니다. 햇살 쏟아지는 숲속을 달리고 숲속에서 만나게 되는 토끼도 반갑기만 했습니다. 토끼를 쫓아 달리긴 했지만 배가 고프지는 않았습니다. 배도 고프지 않은데 토끼를 잡을 생각도 없습니다. 토끼를 쫓아 달리는 것이 기뻤을 뿐이었습니다. 잠깐 멈추어 서서 저만치 달려가는 토끼를 바라며 미소 짓는 것이 고작이었습니다.

그리곤 조그맣게 중얼거립니다.

"정말 잘 뛴다!"

두 귀를 쫑긋대며 뛰어가는 토끼의 모습이 그저 귀엽기만 했습니다. 하늘은 푸르고 햇살은 따뜻합니다.

해마다 봄은 올 것이고 봄이 온 숲속에는 꽃향기로 가득 찰 겁니다. 진달래, 개나리 만발한 숲속……, 어디 꽃뿐입니까, 곰순이를 품어준 어미도 있습니다. 어느 것 하나 아쉬움이 없는 곰순이는 혼자서 어깨춤도 춥니다. 춤사위를 하듯 덩실덩실 어깨춤을 출 때에는 어미는 행복한 듯 웃어주기도 했지요. 어미의 웃음은 소낙비가 지나간 것 같은 숲속처럼 활기차 보이기도 했습니다.

봄이 가고 여름 오면 숲속은 나뭇잎 딸깍대는 소리가 음악처럼 들리곤 합니다. 나뭇잎 딸깍대는 소리 사이로 냇가에서 졸졸 흐르고 있던 물소리도 들립니다. 이렇게 봄도 가고 여름이 지나면 가을이 온다는 것도 곰순이는 미처 깨닫지 못했습니다. 아니, 낙엽이 떨어지고 숲속이 휑하니 외로워지는 가을…, 그

가을이 깊어지면서 겨울이 온다는 것을 곰순이는 그때까지는 몰랐습니다.

겨울이 오면 어미의 품속에서 곤히 자게 되리라고만 믿었던 곰순이에게 다가온 그해 첫 겨울은 무시무시했습니다. 밤새워 함박눈이 내렸던 그 날이었습니다. 먹이를 찾으러 나갔던 어미가 겁에 질린 채 숨 가쁘게 달려왔습니다.

"곰순아! 어서 몸을 숨겨라! 꼭꼭 숨어있어야 한다!"

겁에 질린 어미의 목소리는 떨렸고 그 목소리는 너무 나직해서 목에서 신음처럼 나오는 것 같았습니다. 어미의 그런 모습을 처음 보게 된 곰순이는 몸을 웅크리며 말했습니다.

"엄마! 무서워요! 왜 그래요?"

"사람이 있어! 사냥하는 사람들이……."

"사냥하는 사람들이라니요?"

사냥하는 사람들이라니? 처음 들어 보는 말이었습니다.

"사냥하는 사람들은 우리를 생포해 가거나 죽이는 사람들이야!

그들에게 잡히면 안 되는 거야. 그러니 어서 숨어, 굴 깊은 곳으로 더 깊은 곳으로 숨어야 해!"

"엄마랑 같이 숨어야지요."

"아니다! 어미는 벌써 사람들 눈에 띄고 말았어! 사람들은 이

어미를 잡으려고 혈안이 되어있으니까 너는 굴 깊은 곳으로 숨어 있어야 한다."

곰순이는 겁에 질린 채 소리쳤습니다.

"안 돼요! 나도 엄마와 함께 있을 거예요!"

엄마와 떨어지다니? 엄마가 사냥하는 사람들에게 잡혀야 하다니? 엄마가 잡히면, 곰순이는 엄마와 함께 살고 함께 죽고 싶었던 곰순이의 목소리는 처절했습니다.

그러나 곰순이를 향한 어미의 목소리는 더욱 처절했습니다. 어미는 달려왔던 숲속을 향해 되돌아가려는 듯 몸을 돌리면서 곰순이를 향해서 소리쳤습니다. 피를 쏟아내는 듯한 어미의 목소리에 곰순이는 몸을 웅크렸습니다.

"곰순아! 절대로 사람들에게 잡히게 되는 순간이라면 차라리 절벽에서 떨어져 죽을 수 있는 길을 택해! 어미 말을 명심해야 한다."

어미는 다급하게 말하곤 왔던 길을 되돌아서 뛰고 있었습니다. 어미를 부르는 곰순이의 소리도 못 들은 척하고 질주하듯 달려가던 어미였습니다. 어미를 불러보지 못한 채 겁에 질려버린 곰순이었습니다. 그때였습니다.

"탕!"
"탕!"

소름이 끼치는 총소리가 들렸습니다. 두 발의 총성 소리는 악마가 뱉어내는 굉음 같았습니다.

"끄-으-웅!"

그리고 이어 터져나오는 처절한 신음. 너무도 귀에 익은 어미의 소리였습니다. 어미의 신음 소리가 처절하게 숲속 깊이까지 울려 퍼지고 있었습니다.

"엄마!"

곰순이는 온몸을 무너뜨리며 섰던 자리에서 주저앉고 말았습니다. 귓전으로 흘러 들어오는 사람들의 소리, 소리…….

사냥하는 사람들의 목소리들이 흉측하게 들렸습니다.

"흐, 흐, 흐… 오늘 사냥은 횡재야!"

"횡재는 아니지? 생포를 해야만 횡재라고 하는 거지…"

"허긴 그렇지. 허지만 이만큼 큰 곰을 잡았다는 건 행운이고 횡재야."

"허기사. 이놈을 잡았다는 것도 행운이고 횡재지. 그런데 이상하지 않나?"

"이상하다니?"

"우리가 이놈을 놓쳤다고 생각한 순간 왜 우리쪽으로 다시 돌아왔을까? 그대로 도망쳤으면 살 수 있었을 텐데 말이야."

"그러니까. 듣고 보니. 이상하군!"

"이상하지 않나? 우리를 피해서 뛰어가던 놈이 왜 우리가 있는 쪽을 향해 뛰어왔을까. 죽으려고 작정한 놈처럼…"

이상스럽다는 듯 고개를 갸우뚱거리며 말하는 사람을 향해 무리 중 한 사람이 갑자리 소리를 질렀다.

"알았다! 이놈에게 새끼가 있었어! 새끼를 보호하려고 우리에게 달려온 거야. 말하자면 저놈이 희생되더라도 새끼를 보호할 마음이었어!"

"그렇지, 그게 이유라면 이해가 되는군. 그렇다면 이놈의 새끼가 있을 만한 곳을 찾아봐야지!"

사냥하는 사람들의 욕심은 질기고도 잔혹했다.

"핫하하! 운이 좋으면 새끼는 생포할 수도 있겠구먼."

"핫하하! 그렇게 되도록 해야지."

사냥하는 사람들의 목청은 숲속을 쩌렁쩌렁 울리고 있었습니다.

아! 그들의 흉악한 소리에 곰순이는 정신이 번쩍 들었습니다. 곰순이는 뛰었습니다. 사람들에게 잡히지 않으려고 죽을 힘을 다해 뛰었습니다. 사람들에게 잡히느니 차라리 절벽에서 떨어져 죽는 게 낫다는 어미의 말이 생생했습니다. 사람들에게 잡히지 않으려면 달려야 했고 달리다가 잡히게 되는 순간에는 절벽이나 낭떠러지에 몸을 던질 생각입니다. 곰순이는 뛰기 시작합니다. 어미가 없는 이 세상에서 더 살아야 할 의미도 없었던 겁니다. 사냥하는 사람들에게 잡히는 건 죽음보다 더 무서운 일임을 어미가 알려 주었던 겁니다. 곰순이는 뛰기 시작했습니다. 살기 위해서가 아니라 죽기 위해 뛰는 듯했습니다. 곰순이는 뛰었습니다. 숲을 헤치고 나무 사이를 뛰며 달렸습니다. 숨이 가빠오고 몸은 무거워져서 자꾸만 주저앉아 버리고 싶은 생각입니다. 그러나 뛰지 않으면 안 됩니다. 사냥꾼에게 잡히지 않으려면 뛰고 또 뛰어야 합니다. 사냥꾼들에게 잡힐 양이면 차라리 절벽에 떨어져서 죽는 것이 낫다는 어미의 말을 지워낼 수가 없었습니다.

그러나 곰순이는 더 이상 뛸 수가 없었습니다. 숨이 가빴고 어린 두 다리라 파들파들 떨렸습니다. 그리곤 힘없이 자빠져 버렸습니다. 그때입니다.

"어린 곰이다!"

사냥꾼의 목소리가 곰순이의 귀를 후려친 듯합니다.

"포위하라!"

"생포하라!"

잔인한 사냥꾼들의 목소리가 섬뜩하게 들렸습니다. 곰순이는 사냥꾼들에게 포위되었습니다. 그들이 원하는 대로 생포되었습니다. 사냥꾼들에게 생포 된 곰순이는 꼼짝할 수가 없었습니다. 그냥 숨만 가쁘게 쉬었을 뿐입니다.

얼마가 지났는지 모릅니다. 곰순이가 눈을 떴을 때 곰순이는 녹슨 철장에 갇혀 있었습니다. 그러나 그때까지도 곰순이는 몰랐습니다. 왜 생포되어야 했는가를… 얼마나 지났는지 모릅니다. 해가 어디서 뜨고 어디로 지는지도 모르는 캄캄한 어둠만이 곰순이를 덮고 있는 듯했습니다.

그리고 알았습니다. 곰순이가 생포되어야 했었던 까닭을…. 곰순이는 녹슨 철조망 안에서 시간을 보냈고 사냥꾼들이 건네는 먹이만 먹게 되었습니다. 그렇게 얼마만큼 컷던가 봅니다. 곰순이에게 가혹하고 잔인한 형벌이 시작되었습니다.

그것은 살아있는 곰순이에게 산 채로 쓸개즙을 빼내는 잔혹한 형벌이며 가혹하고도 진저리나게 끔찍스러운 일이 일어났습니다.

아! 그 잔인한 형벌을 당하게 하지 않으려고 곰순이에게 죽음을 재촉했던 어미였나 봅니다. 사냥꾼에게 잡힐 양이면 절벽에서 떨어져 죽으라는 어머니의 그 뜻을 이제야 알았습니다. 쓸개가 자라는 쯤이면 또다시 가해진 그 끔찍스러운 형벌. 곰순이는 더 이상 그 형벌에 갇혀 있을 수는 없었습니다. 곰순이는 녹슨 철조망 사이로 머리를 집어넣었습니다. 그리고 발바닥 네 개를 치켜 올려 녹슨 철사줄을 풀어 자신의 목에 감았습니다.

컥컥대며 철사 줄을 목에 감았습니다. 그리고 네 발을 들어 올려 철사 줄로 자신의 목을 조르고 있는 곰순이의 행동은 필사적이었습니다. 살기 위해서가 아니라 죽기 위해서 필사적으로 목을 조르고 졸랐던 곰순이.

숨이 끊어지는 순간에도 곰순이는 차라리 편안했습니다. 산 채로 쓸개즙을 빼내는 고통에 비한다면 죽는 것은 차라리 편안했기 때문입니다. 멀리서 사냥꾼들의 발자국 소리가 들려옵니다.

그러나 곰순이는 더 이상 아무 소리도 듣지 못했습니다. 죽음을 선택했던 곰순이의 필사적인 노력, 그것은 생존을 위한 노력보다 더 필사적이었던 겁니다. 곰순이는 어미의 곁으로 가기 위해 전사처럼 자신을 무장했을 겁니다. 더 이상 사냥꾼들의 목소리를 들을 수 없었던 곰순이의 죽음이야말로 자유로운 것인지도 모릅니다.

곰순이는 더 이상 사람들이 발자국 소리도 흉악스런 웃음소리도 듣지 못했습니다.

세상살이 뭐 다 그렇고 그렇지

송풍 유윤수

시인

경남 함양 안의 출생
《문학과 현실》 시 부문 등단(2011)
오산문인협회, 한국문인협회 회원
현 주식회사 경성 근무

시집 _
『너희들을 불러 모아 놓고』(문학과현실사, 2012)

힌남노 태풍

먼바다 작은 불씨
바람이 화를 키운다.
돌고 돌아 맞닿는 곳에는
하늘에 장대비도 불렀다.

바람은 해신 파도를 앞세워
산을 만들어 밀어붙이고
도로와 주택 서 있는 물건들
모조리 쓸어 넘겨 승리를 외칠 때
그 힘 누구도 막지 못할 해신이다

상상도 할 수 없는 흔적 엎어진 살림
한숨은 턱 밑에서 울분을 토하고 있을 때
언제 그랬을까.

젖은 마음, 달래 줄 해님을 불러준다.

밤 줍기

가을 문턱에 접어들면
한가위 보름달은 가시 박힌
밤톨을 해산시키기 바쁘다.

일찍 알밤으로 나온 것들
깨끗이 씻고 세상 구경하는데
아직도 불안한 것들
이불 뒤집어씌우고 낙향
가시덤불 위에 걸려 있다.

간밤에 비바람 불어 알밤 순산이 많아
그룹을 짓고 무슨 대화를 하는지
모기떼가 코 박고 윙윙대며 분주하다

가을은 게으른 사람 쉬게 하지 않고
부지런한 사람 살찌게 하는 인비의 계절이다.

윤수네 농장

이십 년 전 너희들과 허탈 없이 대화를 하고파
첫돌 지난 너희들을 수십 명씩 불러 모와 놓고
온갖 정성을 바치고 있었다.

너희들은 밤이슬을 먹고 살았고
나는 너희들의 희망을 먹고 살았건만
자리를 넓게 잡아
탈 없이 자라라고 넓게 거리를 두었는데
강산이 두 번 바뀌고

출가 못한 자식들은 어깨가 늘러붙어 호흡 곤란 병
그토록 정성 들인 보람을 허공으로 날려 보낼 때는
너와 나의 화난 심정은 속 깊이 반성한다.
배꽃, 블루베리, 민들레꽃 그 많은 벌 나비 모여
사랑을 속삭이는 오월의 농장에 아내는
각종 봄꽃들을 지인들로 얻어 심어놓고
이 또한 그대들을 바라보면 입가에 함박꽃을
피우고 있다.

참깨 수확

봄부터 태양을 등지고
흙 속에 숨겨둔 보물들
새 생명 어린 조바심 속에
잡초와 섞여 숨바꼭질할 때도
꼭 너만을 놓이고 싶지 않았지

일 년에 한 번은 너의 성공 길을
이 늙은 마음과 하늘에 천심도
같이 협력할 때 등에 맺힌 자식들
성공 여부가 결정된다.

꽃피고 물오르고 이십 층이 될 때면
불붙는 태양 볕, 땀으로 범벅 할 쯤
고소한 냄새에 홀린 비둘기 떼 모여
알알이 벌어진 너의 생명 주워 삼킬 때
사정없이 베어 한 줌씩 묶어 거꾸로

비닐하우스 건조 망태에 매달아 두면

이실직고의 시간 고소하고 뽀얀 너의

알몸을 수확한다.

허전한 배꽃

사월의 봄바람은 메마른 가지마다
간지럼 태워 설렁한 몸매를 활짝 핀
아름다운 꽃으로 변신하는 요술이다

올해도 배꽃은 만개하여 온통 웃음바다로
치장했건만 정작 초대하여진 사정을 쳐도
부족함이 없어야 할 그들의 사랑은 속 다르고
겉 다른 벌 나비들의 움직임이 없음이야.

농부는 참다못한 울분을 솜방망이에 수분을 발라
기다란 막대기로 활짝 웃고 있는 얼굴을 문지르니
뽀얀 피부는 어느새 기미낀 색깔로 변하여
바람 따라 희죽희죽거리며 새끼를 기다리겠지.

아침이슬

밤사이 촉촉이 내린 이슬
햇살의 문안 인사에
스르르 증발한 너의 정체
식물에는 생명수가 되고
나에게는 행복수가 된다.

첫눈

봄부터 가을까지
생명의 인연 뿌리칠 수 없어
그냥 기다려 보았지
이제는 이 모든 것 미련 없이
덮어 버릴까 해요
잘난 척 못난 척하는 자
첫눈 속에서 잠시 기도를 합니다.

볼일을 볼 때

앉아야 나오는 속대를
음 하는 힘과 잘록 하는
무음으로 속을 비운다.
쉼 없이 이것을 위하여
우리는 노동 대가를 꼭 치른다.

산

성장을 규제하지 않는 허공에
우뚝 솟은 정기 문질러 받고 싶다.

아! 산이여
힘들다고 무언의 표현도 없이
참는 것으로 답을 주고 있다.

산에는 산새와 아름다운 자연색 꽃이
흐드러지게 피어 있다.

올해도 그냥 그렇게 지나가나,

나이가 한 살 더 먹어 마음은 바쁘다.
널브러진 황금 덩이가 발밑으로 굴러오고
주어진 납기 맞추기가 힘들다
오너는 뒷짐만 쥐고 바라볼 수 없는 탓
온갖 방법을 동원해 납기를 지킬 터

실내 공기가 차갑고 마주 보는 얼굴이
맹하다.

우선 자신의 건강을 위하여 체력을 보강하고
얼굴에 철판 깔고 열정이 식지 않게 한다.
생산성과 3정5S 뒤로하고 몸에 익숙하게
프로의 꿈을 키워 시작의 키를 누른다.

호떡 파는 천사

풀린 날씨가 아스팔트 위로 물기를 품어 낸다.
아파트 모퉁이에 자리 잡은 호떡 리어카 부부
호떡 한 개 얼마인가요?

한 개 천 원이라고 적혀있다
이천 원 내밀고 두 개를 달라했는데
수재 봉투에 호떡 3개를 넣고 또
풀빵 10개를 담아 건네주며 감사 인사를 한다.

계산이 맞지 않는데도 그냥 가져가라고 손짓
마지막 떨이라 준 것인데 두 부부는 언어
장애 호떡 천사라고 부르고 싶다.

바다

호통치던 일 몇 번이나 있던가?
그냥 그렇게 철썩이고 했지
성난 미음도 좋은 게 좋듯이
이불처럼 덮어주었지
엄마도 그렇게 배웠으니
그 마음 이어받겠네.

미투

겉 다르고 속 달라 늘 그렇게
바라만 보았지
말 못 할 일들을 가슴에 묻어두고
무덤 속까지 업고 갈 것을

남은 인생 어쩌라고
남 잘되면 배 아프고
나 잘되면 운명에 팔자 속
인생은 고목나무

나무는 새순을 만들지만
인생의 가슴속 한 번 가면 끝이라네.

배꽃 수정

숨겨둔 벌 나비 불러내어

생긋 웃는 꽃잎 위에 얹혀놓고

바람은 시샘을 내어 꽃잎을 날려 버렸다

약정한 일정에 분주한 갈등

언제 그랬냥 입가가 볼록하다

봄을 기다리는 배꽃 생과 사의

인증샷이다.

돌 사탕

눈깔 하나 입속에 물고
한 개는 호주머니 넣어두고
십리 길 뚜벅뚜벅 걸어갈 때
울음보 달래주는 엄마의 걱정
집에 도착할 때면 다 녹아
빈 입술만 핥아보는 달콤한 돌 사탕.
엄마는 큰 솥에 수제비 한 그릇 넣어놓고
일터로 나가셨다.

북한 미사일 발사

요즘 들어 북한에서 솟아오른 괴물체
시커먼 쇳덩이 하얀 꼬리를 달고 날아간다.

목적지가 어딘지 확인할 수 없지만 날아서
떨어지는 곳 물속이라 다행이네

물속 아닌 땅이라면 꿈엔들 누군들 평안할까.
원숭이도 나무에서 떨어질 때가 있다는데

이제 자제하고 평화의 그 길로 돌려보세.

황토밭 고구마

새 땅에 고구마를 심었다.
퇴비라고는 전혀 넣지 않고
뜨거운 여름 가뭄이 심해서
호수로 물을 퍼 넣고 심었다.

일주일이며 새 뿌리를 내려
삶과 죽음이 판별되는데
고구마 순 도저히 희망이 안 보인다.

죽지도 않고 살았다고 하지만 성장은 제로
땅이 이기나 고구마 순이 이기나 고집을 피우고 있다
한 달이 지나고 다섯 달이 되었는데도 처음과 동일한 모습

이런 흙에서는 미라가 만들어지는 것
새삼 느끼고 있었다.

좋은 일터

회사생활 33년 오직 한 우물만 파고 있다
워낙 고집도 세고 환경변화를 싫어하는 터
세상살이 뭐 다 그렇고 그렇지
쉽게
돈 많이 벌리는 곳 있던가?

적게 벌고 적게 쓰고 천천히 조금씩 저축하는 것
적은 돈 모아 종잣돈 키우고 임금 체불 없는 곳
그곳에서 자식들 출세시킨 좋은 회사

굼벵이는 매미로 천천히 성장하여 고도의
목청을 세워 자신을 알리고 칠 일만 살다가
돌아간다.

첫사랑

인생길 한 번쯤 그 다리 밟지 않고
건너간 사랑 있을까.
뿌리박힌 나무나 뿌리 흔들려
갈팡댔던 나무나
시간의 흐름이 외상은 치료됐을지라도
마음속 그 사랑 난치병 되어
지금도 가슴앓이하지 않든가

바랭이풀 뽑아 메뚜기 목줄에 겹겹이 끼워
흔들어 뽑내던 시절
첫정 앞뒤 모르고 품에 간직한 남 사랑을
내 사랑인 양 착각을 일삼던 추억들

청정 하늘에 마른벼락 맞고 난 후
첫사랑 이룰 수 없음을 각인하노라.

봄 쑥

너의 삐죽 움에

나의 몸은 활기가 돋고

너의 함박웃음에

나의 몸은 땀으로 적셔

길들어져 가는 근육에

웃음이

봄을 기다리지 말라

점심을 먹고서 칼 든 두 여사원

봄을 맞은 지 일주일

겨우 파릇한 몸매에 향기라도 있을까.

봄을 기다리지 말라

싹둑 베었다.

저녁 식탁에 쑥국이 올라왔다.

10월의 마지막 날

분주하게 돌아가는 가을걷이도
10월의 마지막 날
고춧대도 들깨 섶도 흙 속에 잠든다.

예전같이 바짝 말려 불사르면
한 줌의 재로 변해 참 좋았는데
요즘은 그런 짓은 절대 금지

제초기로 세워둔 고춧대 날려 버리고
넘어진 들깨 섶 부숴 버려
우람한 트랙터로 갈아버리면
내년 농사 새 생명 발육에 밑거름되어
수확 기쁨에 일조하니

기발한 아이디어 농사 기능이 보인다.

콩깍지

사랑은 한 번쯤 이런 다리 밟지 않고 건너온 사랑 있는가?
그 사랑 내 사랑 만들려고 얼마나 숨죽여 고백했든가
사랑을 찾는 두 마음 두드리고, 두드리고 얼마나 때렸을까?
기필코 사랑을 결속한 두 마음 홀라당 하얀 속 까 보이며
비틀어진 사랑 행진곡 따라간다,

반려나무

첫돌 지난 너희들을 심어놓고
무슨 희망을 안겨 주고파
오늘도 정성을 다할까.
나는 너의 꿈을 보고 살고
너는 나의 꿈 이슬을 먹고 살지
나의 꿈이 이루어질 때면
너는 단단한 노송이 되어
땀을 식혀주는 무언의 버팀목
영원한 친구가 될 거야.

염려 서러워서

세상에는 인간만 살고 있나
코로나19로 뒤덮인 마스크 대란
매화는 세상일 모르는지 주둥이 밀고 있다

조심해라 바이러스 확진자 동선파악
세상일 모르게 산다는 것 너희뿐만 아닐 터
지질 줄 모르는 신천지 꽃
보기만 해도 붙을 것 같은 코로나19는 이미
저 멀리 지구 한 바퀴 돌고 돌았다

줄지어 삐죽대는 젊은이와 경노인
봄 향기 함성소리에 슬며시 숨어버릴라
오늘도 염려 서럽다.

당신은 등대

처음 만난 그 마음은 백지장이었소.
빈털터리 무엇 하나 내세울 것 없는 사람
그 무엇에 당신은 나에게 홀려들었지요.

고민의 열쇠 찾기 위해 눈물도 많았어요.
20년 생활 속에 서슬이 파래지기도 했고
뿌리치면 금방이라도 원점으로 갈듯도 했지요

그렇게 험난한 삶 꾹꾹 참고 살아온 삶 40년 세월을 어찌 뱀
한테 물렸다고 그렇게 상심하옵니까?
당신은 나에게 남은 인생 등대지기 신사임당이죠
사랑해요, 파 뿌리 되는 그날까지 손 놓지 맙시다.

코로나 운동

바이러스로 확진으로 봉쇄된 생활체육시설
며칠간 걷지도 수영도 못 하니 굳어만 간다.

얼굴 마스크로 봉하니 누군들 알 수 없고
알아도 모르는 체 얼굴에 근심만 보여
물 위에 떠다니는 제철 맞은 오리 떼 자맥질하네

싸리꽃 찔레꽃 집단 몽우리 떼지어
이대로 피어도 안전한지 여쭙고 있다
코로나19 확진자 줄어들지 않는데 봄을 재촉하니
봄 기세 밀려 서서히 물러나겠지.

그래야 되겠지.

이런 일이 생기요

아침에 러닝샤스를 입다가 너무 축 처져있는 것이 약간 찝찝해서

망설이다 그냥 입었다.

내일부터 추위가 본격적으로 시작된다는 일기예보에 아침 일찍이 밥을 먹고

볼일도 마치고 아내랑 농장에 갔다.

올해는 무가 처음에는 한 개에 5천 원도 갔는데 김장철이 닥치니 값이 폭락해서

큰 것 한 개에 천 원도 힘들게 폭락했다 그것도 소비가 안 되어 힘든 사정이다.

마침 성당에서 모래쯤 김장을 담가 불우한 노인 가족들에게 김장을 나눠준다고,

무나 배추 고춧가루 마늘 등을 기부를 원하고 있어 아내가 성당에 무 80개를 기부한다고 약속했으니 12시까지 작업을 해놓아야 한다고 해서 서둘러 나섰다.

우선 당장 내일부터 영하의 날씨가 된다니 모든 작물을 최종적으로 마무리가 되도록 분주하게 작업했다 당근도 뽑아야 하고 마늘도 비닐도 씌워야 얼지 않을 것이며 대파도 뽑아 스치

로폴 박스에 옮겨 심어 집으로 가져가야 해서 부지런히 몸을 움직였다.

12시가 되니 성당 봉고차가 왔다. 작업 인부까지 6명이 와서 무들 뽑아 가져가면서 감사의 인사를 서로 나누니까 우리 가족도 처음으로 물품봉사를 해보니 뭔지 모르게 마음이 흐뭇한 생각에 내년에도 봉사하기로 마음을 먹었다.

점심때가 되어 라면을 3개 끓여 아내와 맛있게 먹고 커피 한 잔씩 타 먹고 오후에는 대파를 뽑아서 정리하는 중 아까부터 큰 용변이 올 것 같은 낌새가 있어 참아 왔는데 아무래도 더 이상

참을 일이 아닌 것 같아 여보 나 용변 마렵다 삽과 휴지를 가지고 주목나무 밭으로 뛰어가

급하게 삽으로 구덩이를 적당하게 파고 허리끈을 풀고 바지를 내려 바로 싸 버렸다.

야외에서 볼일을 보면 변도 시원하게 양도 많이 나왔다. 그런데 엉덩이가 약간 따뜻한 기분이 들어 볼일을 보면서 손을 엉덩이에 대보았다 아! 큰일이다 러닝샤스가 엉덩이에 걸쳐있다 항문을 막고 있는 것이다. 축 느려진 것이 사건을 만들어 버린 것이다 참 황당한 일이 벌어졌다.

손을 대보니 러닝샤스에 묻어있고 어떻게 몸에 닿지 않게 벗어야 되는데 큰일이 생기고 말았다 침착하게 러닝샤스를 말아

올려 머리 위로 올려 벗어서 확인하니 아니나 다를까 범벅이
되었다 구덩이에 런닝샤쓰를 집어넣고 삽으로 그냥 묻어 버리
고 아내에게 사고 얘기를 하니 배를 잡고 웃기만 하여 나도 같
이 허허 웃고 말았다.

운이 좋아서

회사 일도 약간의 피로가 쌓일 정도로 힘이 들었다.

나이가 있다 보니 예전처럼 그렇게 쉽지는 않다

며칠 전부터 머리 뒤쪽이 쥐가 나고 좀 손이 가는 느낌이 들었다.

그래도 나는 강한 체력을 가졌음을 나 스스로 인정하면서 일을 한다.

그런네 목덜미가 가렵다. 아니 불긋불긋한 피부에 상처가 있는 것을

확인했다.

회사 동료한테 내 뒤 목을 좀 봐 달라고 했다. 어어 이거 병원 가야 된다고 한다.

은근히 겁이 난다 그렇지 않아도 며칠 밤을 두고 꿈속에서 죽은 지인들만 나타났다.

그렇다고 특별히 나하고 주고받는 말은 없어도 영 기분은 좋지 않다

이런 것이 생기려고 그랬나 하는 생각에 회사 퇴근하고 곧장 피부과 다니는 병원을 갔는데

6시에 문을 닫는다고 쓰여 있다 지금 시간은 6시 2분 진료가

끝나서 안 된다고 해서

빨리 건너편 삼성 피부과 병원에 갔다 이곳은 8시까지 진료가 가능한 병원이다

원장님이 목덜미를 보더니, 고개를 갸우뚱하더니 무척 피곤하시냐고 묻는다. 네

회사 일에 좀 피로가 많습니다. 윗옷 좀 벗어 보시오. 붉은 점이 몇 군데 나타나 있다

원장님은 무슨 병인지 확실한 말은 않고 약 3일분을 처방해주면서 3일 후에 꼭 오셔야 됩니다 하였다.

그리고 약방에서 약을 타고 약사님도 많이 피곤한가 보네요? 네 약 먹고 푹 주무시오.

그렇게 3일치 약을 먹고 병원에 갔다 약간 좀 나은 것 같아요. 의사는 어디 좀 목덜미를 보고

허, 대상포진이네요. 아프지는 않는지 약하게 온 겁니다. 열흘 간 약 드시고 상태를 지켜봅시다.

처음에 대상포진에 관한 약을 처방했기에 제대로 병을 잡은 것 같다고 말한다. 심하면 엄청 아프다고 하였고 인터넷을 검색하여 대상포진에 대한 증상을 검색하여 조사해보니 나는 얼마나 다행인가 의사한테 감사한 마음만 흘러나왔다.

이런 것을 두고 운이 좋은 거라고 말을 하는 것인가 의사와 환자의 만남을 처음 갔던 병원이 문을 닫지 않았다면 어떻게

처방해서 고비를 넘겨 지금처럼 수월하게 넘길 수 있었을까?

하는 생각이 들었다. 그리고 열흘 후 상태는 아주 좋아 약을 먹지 않고 지내고 있다.

그렇게 험난한 삶 꾹꾹 참고 살아온 삶
40년 세월을 어찌 뱀한테 물렸다고 그렇게 상심하옵니까?
당신은 나에게 남은 인생 등대지기 신사임당이죠
사랑해요, 파 뿌리 되는 그날까지 손 놓지 맙시다.

- 유윤수 시 「당신은 등대」 중에서 -

소소해도 분명한 풍경화

이정빈
시인, 수필가

1979년 통영 출생
1998년 북원여고 졸업
2004년 건국대학교 국어국문학과 졸업
2012년 제1회 생명 문학 작품 「차하」로 등단
원주 문협 회원
현 DB손해보험 사원

11월에 핀 개나리

네가 웬일이니
봄은 멀었다.
스산한 바람에 옷깃 여미고
눈을 기다려야 하는데

땅이 얼고 네가 잠자야 할 때
기지개 켜고 둘러보다가
어리둥절했을 너

너를 억지로 깨운
플라스틱 컵 속 커피는
능청스럽게 향기롭다.

11월의 출근길

오도도, 구두 소리
쌀쌀해진 날씨에
오도도도
빨라지는 걸음걸이

기다리는 연인에게 가듯
종종종 걸음을 재촉하고
오도도도도
빠르게 걷는
내 발에서 들리는 걸음 소리

사무실 문을 열고 들어서는 순간
추위를 녹여주는
따뜻한 공기
밀려오는 아늑함

나의 그림

추상화 같던 시간이 흘렀다.
재능도 없이
멋대로 휘갈긴 붓 길에
그리고 싶지 않은 먹물 자국도 남겼다.

이제 남은 나의 도화지에
또다시 그림을 그린다.

산 아래 조용한 집
밥 짓고 기다리는
가족에게 향하는

소소해도 분명한 풍경화

경비 아저씨의 추석 선물

주민이 주고 간 선물꾸러미
허리를 숙여 몇 번이고 인사하는 아저씨

의기양양
딸에게 자랑하였겠지

무엇일까, 열어본 아저씨와 딸은
말이 없다.

나의 아버지
그 자존심을 찾아 드리기 위해 무얼 해야 하나
말없이
유통기한이 한참 지난 선물을 집 밖에 가져 나온다.

분리수거도 할 수 없는
유통기한 지난 선물

아버지가 받은 사람의 인심

무엇으로 위로해 드려야 하나

추석 달은 저리도 풍성한데

군산, 짬뽕

오징어 새우, 해물 듬뿍
청양고추 숭숭숭
버섯 야채 골고루
국물은 매콤 개운 시원
면발은 쫄깃쫄깃

매운맛에
땀이 흥건한데도
군산이 아니면 없을 맛에
기어코 후루룩

강원도 초보 운전자
길 잃고 무서워 흘리던
눈물 콧물은
어제 이미 사라지고

낯선 여행지

맛있게 매운 짬뽕 맛에

땀방울마저 흥겹다.

대봉의 맛

아파트 현관에 도착한 택배
박스 한~가득
꾹꾹 담긴 커다란 순천 대봉

창밖에 은행나무는
정말이지
샛노랗게 물감 칠이 된 계절

친구 상봉시키듯
은행나무가 보이는 베란다에
열 맞춰 대봉을 진열한다.

어서 익어라, 어서 익어라
우리 막내딸 주게
오며 가며 한 번씩
말랑해졌나 요리조리 보시더니

드디어

이거다!

주먹보다 커다란 대봉을 내미는

어머니

아아

맛나다.

아아

맛나다.

맛나게 익기를 기다렸다가

내게 제일 먼저 건네는

어머니의 마음.

엄마의 단골 야채 가게

아직도 엄마 손 잡고
재래시장 따라가기 좋아하는
마흔이 넘은 철부지 딸

어김없이 들르는 단골집 야채는 시들하다.
눈짓을 주며 사지 말자고 하는데도
이것저것 많이도 담은 엄마.

마트는 이보다 신선하고 싸다니깐.
가게를 나서며 내뱉은 답답한 심정

아니다.
저 아줌마는 조금씩 농사하는 할머니들
도와준다고 배추를 산다.
이 배추가 따뜻하고 맛난 배추니라,
하시는 엄마.

아직도 엄마 손 잡고

재래시장 따라가기 좋아하는

이유가

한 가지 더 생긴 오늘.

이태원에서 진 꽃

아가
해지면 집에 들어오니라.
아가
사람 많은 곳에 가지 말거라.
아가, 금이야 옥이야
내 새끼야
어두운 곳에 가지 말거라.

축제를 기대한
어린 호기심이 만난
혼란과 이기심

속절없이 져 버린 나의 여린 꽃아
내일 아침 먹을 밥상을 차려놓았거늘
네 앞에 차려진 제사상

방촌
문학

아가
해지면 집에 들어오니라
아가
사람 많은 곳에 가지 말거라
아가, 금이야 옥이야
내 새끼야
축제가 끝나는 대로 집에 오니라.

열혈 시청자

나는 드라마 '열혈사제'의 열혈 시청자였다. 아니 열혈 시청자이다. 해당 드라마는 2019년 2월 방영된 드라마이지만 사실 나는 4년이 지난 현재도 심심하거나 정규방송에 볼 프로그램이 없다고 생각되면 그 드라마를 습관처럼 재생하여 보고 있다.

간략히, 드라마의 이야기를 소개하자면

전직 엘리트 국정원이었던 주인공은 작전 중 무고한 어린이들을 죽게 한 트라우마로 사제가 되었는데 사제라는 신분에도 불구하고 분노조절장애가 있어 불의를 보면 참지 못하고 폭력도 불사하고 악당들과 맞서는 캐릭터이다. 사목활동을 하던 여수에서 이러한 성격 탓에 문제를 일으키고 그를 사제로 이끈 스승 사제가 있는 '구담구'라는 곳으로 쫓겨가게 되었는데 그곳에서 발생된 스승의 억울한 죽음을 파헤치며 진실을 밝히려 고군분투하는 이야기이다.

그 과정에서 기업인, 정치인, 검사, 경찰, 조직폭력배, 사이비 종교인까지 자신의 이익을 위해서 똘똘 뭉친 완벽한 권력에도 두려워하지 않고 통쾌한 복수로 사건을 풀어가는 과정이 진부

하지 않고 유쾌하며 통쾌하다.

이들에 대한 사제의 분노조절장애는 오히려 명분이 있다. 살아생전 그러한 제자를 걱정하는 스승에게 주인공은

"분노할 때는 분노해야죠. 인간 같지 않은 인간들은 솎아내고 약한 사람을 보호하는 것이 진정한 사제가 할 일입니다."

라고 울분을 토하기도 한다.

드라마가 아닌 현실에서도 우리는 너무나 다양한 악당들을 만난다. 뉴스나 인터넷 기사에 나오는 사건 사고들은 오히려 진부해서 나열하기도 귀찮을 정도다. 그러나 드라마를 보고 있으면 오히려 내가 분노 불감증에 걸렸었던 것 같다는 생각이 든다.

드라마 속 구대영이라는 인물도 열혈 형사였으나 이러한 권력구조에 자신의 소신을 잃고 불의인 줄 알면서도 까라면 까는 형사 생활을 하던 중 이 사제를 만나 점점 자신이 가지고 있던 정의에 눈을 뜨고 자신의 본분을 찾아간다. 권력에 다가가기 위해 눈에 보이는 상사의 악행을 눈감고 하수인 노릇을 하던 젊은 여검사도 정의에 흔들리지 않는 주인공의 깡(?)과 맞서다 점점 자신의 과오에 눈을 뜨고 정의에 다가서려고 한다. 태국에서 가족을 위해 돈을 벌기 위해 한국에 온 '쏭싹'이라는 인물은 무에타이 고수임에도 불구하고 짜장면 배달을 하며 동네 조폭에게 매일 얻어터지면서도 참고 살다가 이 사제와 함께하며 자

신이 아닌 남을 위해서 숨겨온 자신의 무예로 악당과 싸운다. 이러한 인물들의 변화가 내게서 일어나길 바라는 변화이기도 했다.

악에 대한 무기력증과 무관심은 얼마나 더 악을 성장시킬까. 멀리 갈 것도 없다. 나는 초등학교 5학년 때 다니던 큰 학교에서 아주 작은 학교로 전학을 왔었는데 그곳에서는 초등학생이라고는 상상할 수 없었던 악당이 있었다. 다른 아이들보다 키도 훨씬 컸고 공부도 잘(?)했다. 내 기억에 담임선생님의 엄청난 신뢰를 받고 있던 남학생이었는데 사실 그건 허상이었다. 그 아이는 싸움을 잘했을 뿐이다. 선생님이 보지 않는 곳에서 아이들을 장악하고 선생님 앞에서는 순한 양의 얼굴로 진실을 숨기는 아이였다. 어른이 없을 때 그는 아이가 할 수 있는 일이라고는 생각하지 못할 많은 악행을 저지르며 아이들에게 군림하고 있었다. 전학 온 지 얼마 되지 않았던 나는 이 상황을 받아들일 수 없었고 진짜 피 터지게 싸웠다. 참고로 상대는 덩치 큰 남학생이었고 나는 여학생이었지만 당시에는 그것이 중요한 것이 아니었다. 싸워야 나를 지킬 수 있을 것 같았다.

그러자 점점 그에게 불만을 가졌던 친구들이 나와 함께 하고자 하기도 했었다. 그렇지만 그 안에서도 비열한 권력 비호가들이 있었는데 그 당시 너무 막강하게 느껴졌다. 시간이 지날수록 나의 편인 것 같았던 친구들도 내가 그의 적수가 될 수 없을 거라는 생각에 점점 멀어지는 것 같았다. 나는 싸울 에너지가 사라져가고 점점 그가 두려워져 나도 그가 하라는 대로 복종하며 학교생활을 해야 하나 하는 생각을 하기도 했었다.

그즈음 너무도 다행히도 그가 부모를 따라 전학을 가게 되었다.

당시 내게 감당하기 어려워진 악당이 내가 굴복하기 직전에 사라지게 된 것이다. 지금 생각해도 그 아이의 전학은 하늘이 도우신 것 같다. 그렇지 않았다면 나는 어떻게 되었을까.

그 아이가 전학을 간 뒤 다른 친구들은 그동안 아무 일도 없었던 듯 학교생활을 하며 중학교에 진학했다. 중학교도 작은 시골이라 초등학교 졸업자가 한 반을 이룬 아주 작은 학교였다.

나는 아무 일도 없었던 듯 학교생활을 할 수 없었다. 그를 비호 했던 비열한 친구, 나와 함께할 듯하였으나 결국은 등을 돌린 친구들이 자신의 안위를 위해 진실을 외면하고 악의 편에 서서 약한 아이들을 괴롭히고 선생님의 눈을 속이던 모습들이 나의 마음과 머리에 남아 있었기 때문이다. 나는 그들과 진정한 친구가 될 수 없었다. 그들도 마음 한편에도 무시무시한 권력가와 유일하게 맞서 싸웠던 나를 불편해했던 것 같다.

초등학교 시절 내 인생에 만날 수 있는 가장 거대한 악당을 만났고 그 안에서 겪었던 분노, 그리고 주변의 무관심한 태도에 얼마나 지쳤었는지… 도저히 초등학생이 겪은 사색이라고 믿기 어려운 수준이었다.

그 아이가 전학 가지 않고 내가 백기를 드는 순간이 기어코 왔다면 나도 그의 악행에 무기력을 느끼고 선생님과 어른들에게 그의 만행을 밝히려고 하지 않고 점점 도망가고 무관심해져 갔을 것이다.

드라마 속 구대영 형사가 사제를 만나기 전의 모습이었을 거라고 상상하게 된다. 우리의 현실은 전직 엘리트 국정원이었던 정의감 넘치는 사제가 함께 하며 악당을 일망타진해 주지 않기에 우리는 싸우다 지쳐 악인에게 백기를 들게 된다. 아니 싸우기도 전에 악인에게 백기를 들지도 모른다.

자신이 경험한 악에 대한 무기력증으로 자신의 자녀들에게 '착하게 살아라.'라고 교육하지 않을 수 있다.

차라리 때려라, 누군가 어려움에 처해 있다고 함부로 나서지 말아라, 라고 할 수 있다. 자신의 이익에는 민감하고 정의에 둔감해진다. 그러나 정의에 둔감해지는 것이 자신의 이익에 가까워지는 것일까? 악인에게 백기를 드는 것이 아니라 점점 악인이 되는 것은 아닐까?

드라마를 보며 생각한다. 착하게 사는 것은 무엇일까?

진부하지만 잊고 있던 삶의 가치관, 착하게 살려면 어떻게 해야 하는 것일까?

침묵하는 것이 착한 것일까? 드라마 속 주인공처럼 불의를 불의라고 판단하고 정의를 정의라고 판단하며 분노할 땐 분노할 줄 알며 착함을 강함으로 무장할 수 있기를 바란다.

'열혈사제'는 진중한 주제를 통쾌하게 풀어가며 잠자고 있던 악에 대한 불감증, 분노에 대한 불감증을 일깨워 준다. 주인공처럼 해결사는 될 수 없겠지만, 주인공으로 인해 변화하는 다른 선한 주변 인물들처럼 내 안에서도 잠자고 있는 정의감을 저 깊은 곳에서 꺼내어 본다. 그 작은 정의감이 더 깊은 잠을 자려고 할 때 한 번씩 흔들어 깨워 봐야 그것이 내 안에도 있다는 것을 잊지 않을 것 같다.

"분노할 때는 분노해야죠.
인간 같지 않은 인간들은 솎아내고
약한 사람을 보호하는 것이
진정한 사제가 할 일입니다."

- 이정빈 수필 「열혈 시청자」 중에서 -

여보게, 차나 한잔하고 가시게

송풍 최상만
시인

강원도 홍천 내면 출생
강원대학교 국어교육과 및 동 대학원 졸업
《문학과 현실》에서 시 부분 등단(2009)
한국문인협회 회원

시집 _
『꽃은 꽃으로 말한다』(방촌문학사, 2015)
『이쯤만 그리워할 수 있어도』(방촌문학사, 2019)
『당신인 줄 알았습니다』(방촌문학사, 2021)

갈대 흔들리는 이유

갈대가 바람에 자신을 맡기는 것은
바람과 하나라는 믿음 때문이 아닐까.
바람처럼 흔들리면서도 꺾이지 않을 것을
갈대는 온몸으로 느끼고 있었던 것은 아닐까.
갈대가 바람 앞에 자신을 낮추는 것은
끝내 넘어지지 않으리라는
넘어져도 다시 일어서리라는 것을
이미 알고 있었던 것은 아닐까.

흔들리는 갈대를 보며 갈대 흉내를 내 본다.
우리는 언제 누군가에게
갈대처럼 자신을 맡겨본 적 있었던가.
우리는 언제 누군가에게
갈대처럼 하나로 이어진 적 있었던가.
얼마큼 더 자라야,
바람이 전하는 말 들을 수 있을까.
갈대 흔들리는 이유를 알 수 있을까.

잡초

잔디밭에 어린 민들레를 뽑았다.
눈물이 찔끔 났다.
너무나 미안했다.
우리는 모두 사람들의 숲에서
하나의 잡초는 아닐까.
뽑혀 뜨거운 햇볕에 시들다 말라버릴,
말라 부서져 흔적도 없이
사라져 버릴 잡초는 아닐까.
잔디밭에 잡초 같은 운명.
서로 다른 모습일지라도
어울려 살아가면 좋으련마는

강

꽃 피우지 않고
봄을 건널 수 있던가.
천둥을 만나지 않고
여름을 지날 수 있던가.
긴 장마를 지나온 사람만이
푸른 하늘이 소중한 것이다.
눈 속에서도 꽃맹아리 사라듯
그렇게
우리는 시간의 강을
건너가는 중이다.

당신에게 가는 중이다.

동백꽃 떨어져도

동백꽃 떨어져도
떨어져 시들어도
부끄러워하지 않는다.
한때 흐드러지게
향기 풍겼으니
온몸으로 겨울을 느꼈으니

동백꽃 떨어져 발길에 밟혀도
후회하지 않는다.
시들어 떨어져도
꽃으로 누웠으니
겨울을 밀어 봄 속으로 보냈으니

동백꽃 떨어져도
떨어져 뒹굴어도 울컥하는
뜨거움이다.

그리움

당신이 그리워도 다가갈 수 없을 때
시냇가에서 맑은 물소리를 들어 보라.
물소리는 어느새 그대의 목소리가 되어 졸졸 속삭인다.

당신이 그리워도 만날 수 없을 때
갈참나무 잎새를 흔드는 바람 소리를 들어 보라.
바람 소리는 당신을 위한 연수처럼 가슴을 적신다.

당신이 그리워도 소식 전할 수 없을 때
억새꽃 바람에 흔들리는 오솔길을 걸어 보라.
낙엽은 당신에게 배달된 엽서처럼 주변을 흩날린다.

당신이 그리워서 잠들지 못할 때
나뭇잎에 떨어지는 빗소리를 들어 보라.
빗소리는 어느새 그대의 귓속말 되어 재잘거린다.

낙화

우린 언제 한 번 벚꽃처럼
절절하게 피어본 적이 있었던가.
흐드러지게 피어
꽃잎으로 날려본 적 있었던가.
짧게 피면 어떠리.
우린 언제 한번 뜨겁게 피었다
뜨겁게 흩날린 적 있었던가.

꽃으로 피어나 한동안
온 세상 꽃으로 밝혔으니
꽃잎 사위어 가면서도
온 세상 꽃비로 덮었으니
짧게 피고 지면 어떠리
우린 언제 한번 벚꽃처럼
흐드러지게 사랑한 적이 있었던가.

그때는

추적추적 달라붙던 허기는
쉰밥, 찬물에 빨아 먹어도
배탈 나지 않았다. 그때는
소매에는 콧물 훔친 자국
거북등처럼 갈라진 손등에
남루를 걸쳐도 삶을 슬퍼하지 않았다.

배고픔도 반복되면 일상이 된다.
감자범벅으로도 웃을 수 있었다.
동네 어귀에서 무 서리를 하고
펌프에 매달려 맹물로 배를 채워도
시린 나일론 양말 구멍으로도
행복은 달아나지 않았다. 그때는

우리는 담쟁이덩굴처럼
바람벽에 매달려 봄이 오기를 기다렸다.

이슬떨이

이슬 내린 숲속 길을

앞장서 걸어간 사람 있었지.

이른 새벽, 이슬을 털며

가장 먼저 앞서간 사람 있었지.

늘 내 앞에는

이슬을 먼저

털어준 사람 있었지.

이슬뿐이었으랴.

무릎까지 덮는 눈길을,

가시덩굴 뒤덮인 숲속 길을,

가장 먼저 걸어준 사람 있었지.

늘 내 앞에는

무수한 길을

먼저 앞서간 사람 있었지.

불면증

하얗게 지새는 밤이면
문풍지도 밤새 흐느껴 울었다.

불면의 밤이면
달그림자도 문밖을 서성거렸다.

세상 사는 일에
고민 없는 사람이 있겠는가.

잠들지 못하는 담장 위에
달빛이 하얗게 내려앉았다.

피죽바람

바람이 한 모라기 불었다.

송화우가 한 보지락 내리고

피죽바람*

이 불었다.

할머니의 한숨 소리에

한 모라기 바람이 또 불었다.

피죽바람이 불면

흉년이 든다고 했다.

먼 산에 바람꽃** 이 피었다.

바람꽃이 산을 넘어오면

온 세상은 잿빛이 되었다.

할머니의 한숨이 깊어졌다.

---

* 모낼 무렵 오랫동안 부는 아침 동풍과 저녁 북서풍, 이 바람이 불면 흉년이 들어 피죽도 먹기
어렵다고 한다.
** 큰바람이 일어나려고 할 때 먼 산에 구름같이 끼는 뿌얀 기운

둥지

한여름 새끼를 키우고 떠난 새의 둥지
새끼들 자라 떠났어도
빈 둥지에는 빈자리만큼이나 어미 새의
사랑이 남아 있었다.

집을 떠난 딸의 방 빈자리에도
한 세월 애태웠을 모정이
비에 젖는 새의 둥지마냥
애처롭게 젖고 있었다.

방문을 열면
수많은 딸의 모습이
통통거리며 뛰어오고 있었다.

산

골이 깊을수록 어둠은 빨리 찾아온다.

산이 깊을수록

봉우리에 별빛 먼저 내려앉는다.

산이 높을수록

새벽은 빨리 찾아오고

산이 높을수록

낮은 산봉우리 품어 안는다.

산이 높을수록 단풍 먼저 물들고

산이 깊을수록 눈이 먼저 덮인다.

높은 산은 높은 대로

낮은 산은 낮은 대로 서로를 끌어안는다.

산은

언제나 조용한 기다림이 된다.

안개

잠시 자신을 감추고 싶을 때

안개 속에 숨어 보라.

안개는 보여 줄 만큼만 보여 준다.

얼마쯤은 남겨 두어야 한다는 것을

안개는 알고 있었으리라.

때론 산봉우리만 보여 주고

때론 나뭇가지만 보여 주는 것을 보면

안개 속에서 바라보면

안개 밖도 안개 속이다.

안개 속에서 비로소

서서히 스며드는 법을 배운다.

스며들다가도 때가 되면

모르는 사이

문득 사라지는 법을 배운다.

배롱나무

붉은 꽃 배롱나무 한 그루 공원에 서 있다.
몇 번의 낙엽이 지고
또 몇 번의 꽃이 피고 졌다.
눈보라도 지나갔다.

붉은 꽃 배롱나무는 두 팔 크게 벌려 보지만
하얀 꽃 배롱나무에 닿을 수 없다.
붉은 꽃 배롱나무는 귀 쫑긋하고 바람이 전하는
하얀 꽃 배롱나무의 이야기를 듣는다.

지난 태풍에 가지가 꺾였다는 아픔과
어느 집 정원으로 이사 갈지도 모른다는 소식과
벌의 방문이 줄었다는 사실과
무더위로 꽃이 시들었다는 이야기들

붉은 꽃 배롱나무는 바람에 손을 흔들어 주었다.

꽃잎 떨어져도 닿을 수 없는 그대를 위하여

그리고는 다시 어둠이 찾아왔다.

붉은 꽃 배롱나무에게 다시 고독이 찾아왔다.

나목

낙엽 지면 그리움일 줄 알았더니
겨울이 오면서 눈꽃 피우고 있었다.

남루를 벗으면 부끄러움일 줄 알았더니
전부를 보여줘도 부끄러울 게 없었다.

헐벗으면 추위에 떨 줄 알았더니
한겨울에도 파릇한 잎눈 키우고 있었다.

눈꽃 녹으면 외로움일 줄 알았더니
눈보라 속에서도 꽃눈 품고 기다리고 있었다.

마늘

무더위가 몰려들 때쯤
마늘밭에 푸르름은 색이 바랜다.

마늘도 캘 때가 되면
마늘잎이 끝동부터 말라간다.

시든다는 것은
때가 되었다는 것일까.

제 몸 말리며 불어 넣는
진한 마늘의 향기

마늘도
때가 된 것을 아는 것이다.

언제 떠나야 하는 하는지를
무엇을 남겨야 하는지를

목백합

초등학교 시절 어느 식목일에 심은

목백합 한 그루

학교 운동장에 자라고 있었어.

손가락 같던 나무는

아름드리 거목이 되어 있었지.

지금 심으면 언제 자라 꽃피우겠냐던

동무의 머릿결 희끗해 지고

언제 자라 열매를 맺겠냐던

친구는 이 세상을 떠난 후였지.

우리는 노안으로 세상을 바라보았지.

이제 목백합을 심어 무엇하겠냐면서도

누군가 보아줄 그 날을 위해

목백합 씨앗을 키 작은 목백합을 심고 있었지.

변두리에 살더라도

할머니 생전에
밤하늘 바라보며 말씀하셨지.

별에도 주인이 있다고
죽어야 자기 별을 갖게 된다고.

할머니 생전에
모깃불 뒤적이며 말씀하셨지.

작은 별도, 희미한 별도 별이라고
별은 모두가 반짝인다고.

우리는 언젠가 모두
별이 된다고 말씀하셨지.

세상 변두리에 살더라도
반짝이는 별이 될 거라고.

11월

단풍은 비에 젖어도 붉게 젖는다.
제 속살까지 붉게 젖는다.
붉게 젖어 온몸 뜨겁게 내맡긴다.

속내까지

단풍은 바람에 흔들려도 붉게 흔들린다.
붉게 흔들려 바람조차 붉게 물들인다.
붉은 바람으로 온 세상 뜨겁게 달군다.

깊은 가슴속까지

내시경을 준비하는 밤

채우기에 급급하게
살아오지는 않았는지

내시경을 준비하는 밤
비우는 일이 이리도 힘든 줄을

비워보지 않고 어찌 알겠는가.
비워야 보이는 줄을

비우면서 알았다.
비울수록 맑아진다는 것을

비우며 비우며 배운다.
비워야 보인다는 것을

무얼 그리 욕심내며 살았는지.

여보게

여보게,
차나 한잔하고
가시게.*

아직도
알 수가 없네.
그 깊이를

그랬을 거야

봄도 다 계획이 있었을 거야.
새싹 돋우는 일도
꽃 피우는 일도

여름도 다 계획이 있었을 거야.
찌는 듯한 더위도
태풍 몰아오는 일도

갈, 겨울도 다 계획이 있었을 거야.
단풍 드는 일도
눈 내리는 일도

계획 없이 그러지는 않았을 거야.

골종양

'요즘 의술이 좋아서 괜찮을 거야.'
친구들은 나를 위로해 주지만

그 말 대신에 들려 오는 것은
마음 한구석 자갈밭에 말 달리는 소리뿐

소나기 한 자락 뼛속을 스쳐 간다.
몇 년 전 떠난 친구에게 내가 했던 말이다.

'요즘 의술이 좋아서 괜찮을 거야.'

숙취

서귀포시 대정읍 가파로 67번길 56
푸른빛의 전망대 식당에서 끓인
바다향 가득한 해물라면이 먹고 싶다.

목젖을 달구던 신물을 삼키며
이젠 줄여야지 하다가
지평막걸리로 해장술 한잔했으면

두물머리

두물머리에서 만났지.

서로 다른 강을 흘러 서로 다른 길을 걸어

두물머리에서 만났지. 우연이었지.

두물머리의 물결 위에

물새 몇 마리 갈대숲으로 헤엄쳐 가고.

두물머리는 새로운 만남의 공간이 되었지.

새로운 인연이 시작되었지. 우연이었지.

저녁 안개 내려앉을 무렵

두물머리를 서성이던 사람들,

누군가를 기다리고 있었지.

사람들 서성이던 자리마다

서로 다른 무게의 기다림이 두런거리고

낙조가 유난히 붉은 날

새들도 저마다의 기다림으로 물들고

갈대숲에서 새들은 둥지를 틀고 있었지.

방촌
문학

두물머리에서는

언제나 새로운 흐름이 시작되었지.

서로 다른 인연이 시작되었지.

두물머리에서는 모든 순간이 새로운 시작이었지.

거기에 나는 오랜 이별 하나 두고 왔지.

문경새재

길은 숲속으로 사라지듯 이어지고
굽이마다 남아 있는 사연들
님 임 그리워 넘던 새재는
시가 되고, 전설이 되고,
강은 굽이굽이 이야기를 품고 흐르고

문경새재를 넘다 보면 어느새
선인들 하나둘 길동무하며 따라오고
산새는 쉬명 놀명 따라오고
바람을 따라 걷다 보면
구름도 앞서거니 뒤서거니 지나가고

파발로 달려올 합격 소식 기다리며
정화수에 두 손 모으던
어머니의 정성도 뒤따라오고
이마에 땀방울 씻어주던 솔바람도
살랑살랑 손 흔들며 함께 따라오고

그렇더라

저 혼자 일어나는 파도가 있으랴.
바람 없이는 파도도 없더라.
바람이 거셀수록 파도도 높더라.
세상 사는 일이 그렇더라.

저 혼자 뜨는 무지개가 있으랴.
먹구름도 소나기도 지나가야 하더라.
햇빛도 반짝 빛나야 하더라.
세상 사는 일이 다 그렇더라.

터벅터벅 걸어온 삶의 너덜 길도
혼자 걸어온 것이 아니었구나.
벼룻길에 불어주던 바람도 함께였음을
오솔길에 이름 모를 야생화도 함께였음을

아! 이태원*

이태원 좁은 골목길에 하얀 국화 송이 쌓여 갑니다.
까만 상장을 가슴에 달았습니다.
애도의 물결입니다.
미안하고 미안합니다.
그대들의 잘못이 아닙니다.
그대들을 지키지 못한 우리의 잘못입니다.
어느 가수는 공연을 취소했습니다.
내가 잘못한 것 같아 잠을 이룰 수 없습니다.

숨을 쉴 수가 없습니다.
숨이 쉬어지지 않습니다.
아무리 외쳐도 아무도 달려오지 않았습니다.
그대들의 잘못이 아닙니다.
그대들을 지켜주지 못한 어른들 잘못입니다.
자신이 잘못한 것 같은 사람들은
이태원 골목길을 서성입니다.

---

* 이태원 참사 후 추모 문구, 기사 내용에서 뽑음.

이태원에는 국가는 없었습니다.

문제없다는 사람만 있었습니다.

하나의 현상이라는 사람만 있었습니다.

할 만큼 다 했다는 사람만 있었습니다.

목소리가 너무 생생해서 출동하지 않았답니다.

주최자가 없는 축제라

책임질 필요가 없는 국가라고 합니다.

아! 이태원.

가파도

처마 낮은 집에 살던 사람들은 떠나고
순비기나무만 남아 낮게 가지를 뻗고 있었다.
한때는 태평양을 향해 당당했을
휘몰아오는 태풍에도 맞섰을
그리하여 파도도 피해 갔을 가파도.
돌담으로 이어진 청보리밭을 걸으면
거센 바람 앞에 어느새
순비기나무처럼 몸을 낮추고 있었다.

에돌던 바람은 가파도에 와서
커다란 파랑을 만들었다.
가파도 청보리는 드센 바람에 눕고 일어서는 법을
구멍 숭숭한 돌담에서 배운다.
순비기나무 낮게 가지 뻗는 이유를 생각하며
청보리밭을 따라 걷다 보면
작은 등대 하나 바다를 향해 흔들리고
배 한 척 큰 섬을 향해 떠나고 있었다.

농무

한밤 어둠도
모자라 안개로 덮었을까.
어둠 가시면
안개도 사라지더라 마는

우린 언제 한 번이라도
함께 어둠이었던 적 있었던가.
함께 어우러져 어둠이었던 적 있었던가.

안개는 천천히 소멸한다.
천천히 소멸하면서
보일 듯 말 듯 세상을 보여 준다.

우린 언제 소멸하면서
속내 보여 준 적이 있었던가.
함께 스러져 소멸한 적 있었던가.

터벅터벅 걸어온 삶의 너덜 길도

혼자 걸어온 것이 아니었구나.

벼룻길에 불어주던 바람도 함께였음을

오솔길에 이름 모를 야생화도 함께였음을

- 최상만 시 「그렇더라」 중에서 -

사랑하니까, 너를

김호동
소설가, 수필가

충북 음성 출생
《문학과 현실》소설 부문 「백사장」으로 등단
《한국문인》수필 등단(2018)
전국 김소월 백일장 수필 「천직天職」(2018)으로 대상 수상
중앙대학교 예술대학원 문예창작과 수료
한국문인협회 회원

저서
소설 _
소설집 『메카의 은하수』(방촌문학사, 2021)

기철이

전화가 왔다. 도 이사는 핸들을 잡고 출근하는 중이다. 햇빛 가리개에 묶어놓은 마이크에서 건너편 목소리가 서둘렀다.

"도 이사님, 미영상사요."

"아, 예! 안녕하세요!"

미영상사 곽 사장이 자기 거래처라며 크레인 한 대가 나왔는데 보겠냐는 것이다.

모델은 LS50이고 회사는 링크 벨트, 50톤짜리에 제작은 1985년 봄, 길이 28미터, 보조 붐 있고 트랙 앵글이라고 했다. 장비는 깨끗하다고 했다. 오늘 결재가 났으니 당장이라도 물건을 보고 결정할 수 있다고 했다. 도 이사가 가격을 물으니 센 듯했다. 장비 위치를 물었다. 인천에 있는 M 회사 주기장인데 가겠다면 회사와 연락해서 크레인을 볼 수 있도록 주선하겠다는 것이다. 도 이사는 그러라고 하며 인천 쪽으로 차 머리를 돌렸다. 사무실 출근을 뒤로하고 인천으로 향했다. 도 이사 이름은 기철이고 신흥무역에 근무한다. 신흥무역은 중고 건설 장비를 수출하는 무역회사. 대표는 하승일 사장이다. 방금 전화

받은 미영상사는 장비 부속상을 하고 있다. 건설회사가 필요한 각종 원부자재를 납품하며 판매도 하고 있다.

M 회사 주기장에 도착한 도 이사가 크레인을 세밀하게 관찰했다. 엔진에 물을 빼놓아 시동은 걸어 볼 수 없었다. 엔진오일 게이지를 뽑아 기름 상태를 점검했다. 크레인은 진한 황토색으로 도색되었고. 오므리를(쇳덩이로 된 뒷부분) 파서 검은색으로 링크 벨트라고 새겨 있다. 크레인을 앞뒤 양옆으로 사진을 찍었다. 주로 크레인 수판 두께와 링크 소모 상태 트랙 밑으로 상부 하부 로라 마모상태, 링기어 상태, 엔진 헤드의 기름 누유 상태, 라디에이터 팬 벨트 늘어짐. 수프 로켓과 아이들 로라 마모 상태를 점검하고 운전실로 들어가 메다 게이지 히터까지 찍었다. 전반적으로 수리해놓은 흔적이 역력했다. 장비 체크가 끝난 후 도 이사는 현장사무실로 들어갔다. 중고 장비 담당은 한 상무라고 들었다. 찾았으나 본사에 있다고 하자 도 이사는 한 상무와 연결을 사양하고 사무실을 나왔다. 좌우로 정돈된 장비를 보면서 정문을 향했다. 스즈키 회사의 로드 헤다는 머리를 땅에 내려놓았다. 작은 것으로 보아 30톤은 돼 보인다. 아파트 옆으로 터널을 뚫거나 다이너마이트를 사용할 수 없는 현장에서 쓰는 장비다. 옆에는 500K 발전기 에어 맨이 붙어있다. 좌측으로는 독일산 타워크레인 립벨을 뽑아다 잘 정리해 놓았

다. 정문이 가까울수록 눈을 뗄 수가 없었다. 가지런히 정돈된 포장 장비 앞을 그냥 지나치지 못했다. 아스팔트 갓 다기 비루투겐이 서 있다. 비루투겐은 기존 되어 있는 아스팔트를 파내는 작업을 하는 장비다. 휘니샤는 타이탄이라고 영어로 검게 쓰여 있다. 도로포장이 시작될 때 덤프트럭이 아스콘을 싣고 와 휘니샤에 쏟아부으면 휘니샤는 바닥에서 원하는 두께만큼 조절해 놓고 아주 느린 속도로 바닥에 아스콘을 깔아나간다. 모든 도로의 아스팔트 포장은 휘니샤가 하고 있다. 바퀴가 9개 달린 타이어로라(TS200)는 아스콘 포장이 끝나면 앞뒤로 오가며 표면을 단단하고 매끈하게 눌러주는 장비다. 포드 트럭 위에 비우다가 얹어있다. 캐터필러 그레이다도 두 대나 된다. 옆에는 진동로울러(CA251), 콤비로울러, 단뎀로울러, 마가담 롤러도 서 있다.

멀리 보이는 주기장 안에는 알 수 없는 장비들로 가득했다. 덤프트럭이 줄잡아도 사오십 대는 되어 보였다. 200톤 크레인만이 또월이 눈앞을 막았다. 도 이사는 눈을 떼지 못하고 가던 길을 돌아봤다. 사무실 쪽으로 창고 같은 커다란 집이 보였다. 그 안엔 어떤 장비들이 있을까. 지금껏 장비를 봐 왔지만 이렇게 많은 중고장비는 처음이었다. 도 이사는 주기장 정문을 나와 차로 가면서 곽 사장한테 크레인을 다 보고 출발한다고 전화를 했다. 곽 사장은 내일 오전까지 매입 여부를 알려줘야 하고, 수고했다며 M 회사는 지금 부도 난 상태라고 말했다. 도 이사는 부도라는 말에 승용차 문을 열지 못하고 멍하니 정신 나간 사람처럼 꼼짝하지 않고 서 있다.

도 이사가 사진 속 크레인을 하 사장 앞에 놓고 한 장 한 장 설명했다. 장비의 우수성과 상태보다도 올 수리를 다 해놓은 상태라 손볼 곳이 없다고 강조했다. 장비값이 비싸긴 해도 별도의 부속값이나 수리비가 일절 들어가지 않으니 오히려 득이라고 했다.

주기장 안에는 많은 건설 장비로 가득한데 M 회사는 부도가 난 상태라고 말했다.

"아니 그 큰 회사가 부도가 나?"

하 사장은 경악하며 흥분하고 있었다. 지금 당장 크레인을 계약할 테니 절차를 알아보라고 지시했다. 하 사장은 같이 가서 계약하고 다른 장비도 보고 싶다고 곽 사장한테 M 현장에 같이 가 봐도 되는지도 알아보라 했다.

하 사장과 도 이사는 M 회사 주기장에 도착했다. 정돈된 장비 옆을 지나려는 순간 하 사장은 기분 좋은 냄새를 느꼈다. 그 냄새는 엔진오일, 휘발유, 경유, 구리스, 그 외 다른 기름이 혼합되어 나는 썩은 냄새였다. 하 사장은 그 냄새가 좋았다. 도 이사는 크레인 쪽으로 가고 있고. 하 사장은 장비마다 꼼꼼히 보며 가고 있다. 부도난 장비라면 모든 장비는 매입하면 수출할 수 있다는 계산이다. 도 이사는 하 사장이 가까이 오기를 기다렸다. 하 사장은 몇 발짝 오는 듯하다가 또 장비 뒤로 사라졌다. 장비마다 장삿속으로 계산하고 있었다. 모든 장비가 자기 것으로 보였다. 외국에서 그렇게 찾아도 없던 장비가 이곳엔 있다. 하 사장이 다가와 물었다.

"크레인 있는 곳은 어디야?"

"예, 다 왔습니다."

"정말 물건들은 그림이네! 그림!"

"그러게요."

도 이사가 크레인(LS50)을 가리키며 하나하나 설명했다. 하 사장은 사진에서 본 것처럼 관심 있게 보고 있다. 계약해 놓기를 잘했다며. 누구라도 자신 있게 권할 수 있다고 머리를 끄덕였다. 하 사장과 도 이사는 만족한 표정으로 눈짓했다.

"칼마다!"

하 사장이 소리쳤다. 도 이사도 놀라며 지금도 미국 바이어와 연락하느냐고 물었다. 하 사장은 연락이 두절 된 이유는 물건을 찾지 못해서라고 했다. 연락은 해보면 되지만 칼마(지게차) 장비가 결재가 나야 수출을 할 수 있지 않으냐고 반문했다. 하 사장은 칼마를 주의 깊게 관찰했고 도 이사는 카메라에 담았다.

하 사장과 도 이사는 이제까지 보지 못한 중고 건설 장비를 보고 매입에 들떠있었다. 둘은 계획을 세우기 시작했다. 마음은 하나가 되어 M 회사의 장비들을 칭찬했다. 신흥무역을 키울 기회가 왔다고 하 사장이 말했다. 물건 확보만 되어 있으면 다른 나라 저개발국가나 개발도상의 나라를 찾아 물건 팔 곳을 찾기만 하면 된다는 하 사장 이론이다. 둘은 힘을 합해 사활을 걸고 무역할 곳을 찾자고 합의했다. 먼저 할 일부터 정하자는 것인데 물건을 가지고 있다면 광고를 해서 이런 장비가 있다고 알려야 하고 어떤 장비가 필요하냐고도 물어봐야 할 것이다. 먼저 선전을 하려면 자료가 필요하다. 자료는 우리가 파악한 M 회사의 장비 리스트가 있어야 한다. 하 사장은 도 이사한테 M 회사의 장비 리스트를 만들라고 지시했다. 포장 장비만을 먼저 시도해 보고 사겠다는 반응이 나오면 M 회사의 결재 즉시 매입하여 수출하면 된다는 하 사장에 이론이다. 그러나 도 이사는 달랐다. 제일 문제가 장비 가격이 매입해서 수출하는 단가가 맞아야 하고 결제 기간이 문제라고 했다. 도 이사 말로는 수출하기까지 우리 맘대로 할 수 없는 것은 가격과 결재가 중요하다. 하 사장 역시 연구할 문제가 많다고 끄덕였다. 하 사장과 도 이사는 야무진 꿈을 갖고 무역을 한 번 제대로 해보자고 둘은 기뻐했다.

M 회사에서 크레인(LS50)을 주기장으로 옮긴 지 3일이 지나자 바이어가 붙었다.

확 달려들지 못하는 것은 가격 때문이다. 비싸게 매입한 만큼 가격을 비싸게 팔 수밖에 없었다. 하 사장은 남는 장사가 아니면 팔지를 않았다. 바이어 하나가 끈질긴 재촉 끝의 계약을 했다. 가격은 처음 부른 그 가격으로 팔았고 한 대를 더 원했다. 도 이사는 장비를 매입해 놓고 이렇게 빨리 팔기는 처음이다. 오래된 장비를 가져오면 수리 기간이 한두 달은 보통이고 수리 과정에서 얼마나 많은 고통을 겪어야 했는가. 수리비나 부속값을 미스 신한테 결제해 갈 적마다 도 이사는 남겨나 먹은 것처럼 머리 숙여 돈을 타냈다. 어느 때는 호주머니를 털어 부속을 사다 주기도 했다. 이번 크레인은 실어다 놓고 손 하나 까닥 안 하고 빠른 시일에 잇속을 보며 팔게 되었다. 도 이사는 감탄했고 쾌재를 불렀다. 하 사장 또한 크레인이 매매되자 즉시 여름 휴가에 보너스를 서슴지 않았다. 기쁜 마음으로 회식도 했다.

도 이사는 동해안 바닷가로 부모님을 모시고 휴가를 떠났다. 고속도로 휴게소에서 식사를 끝내고 떠나려는데 아버지가 슈퍼로 물건을 사러 갔다. 도 이사가 어머니와 서 있는 앞으로 하승일 사장 내외가 다가왔다. 도 이사는 어머니 소영란에게 다니는 회사 사장님이라며 소개했다. 그들은 해운대로 가고 있었고 도 이사는 동해안으로 가는 길이다. 하 사장은 둘이고 도 이사는 부모님과 간다고 했다. 하 사장이 아버지를 물었다. 도부기는 슈퍼에서 나오다 주춤했다. 다가가지 않았다. 키가 크고 이목구비가 뚜렷한 남성과 한 여인이 기철이와 영란이하고 기뻐하며 이야기하고 있었다. 부기 씨는 가까이서 몸을 숨기고 재미있어하는 그들을 보고만 있었다. 그들이 떠나자 부기가 다가왔다. 기철이가 방금 회사 사장 내외분을 만났다며 휴가 끝나고 부모님을 초대해 식사 자리를 마련하겠다며 떠났다고 했다.

M 회사 장비를 신흥무역에서만 매입할 수는 없었다. 돈 있는 중소기업 무역회사들이 많다. 신흥무역이 유리한 조건은 M 회사와 두터운 관계를 맺고 있는 미영상사 곽 사장이 결재가 나는 대로 도 이사한테 연락을 주는 터라 정보는 빨랐으나 결재 날짜는 알 수가 없다. 결재가 났다 하드래도 모든 장비가 신흥무역에서 필요한 장비는 아니다. 어느 나라에도 무조건 광고를 할 수는 없었다. 가장 중요한 문제는 꼭 사야 할 장비가 결재가 났다 하더라도 즉시 계약할 수 있는 재정이 뒷받침하지 않고는 M 회사 장비를 매입할 수가 없었다. 하 사장은 동분서주하며 자금을 마련했고, 도 이사 또한 전력을 다하여 재정을 모아야 했다.

신흥무역은 장시간을 통해 M 회사 장비 매입에 전력을 다했다. 결재가 나는 대로 필요하다고 인정된 장비는 빠짐없이 사들였다. 하 사장과 도 이사는 매입한 장비를 팔기 위해 둘이서 해외도 다녀왔다. 개발도상 국가의 바이어들이 신흥무역에 자주 들락거렸다. 매입된 장비는 뉴질랜드 아이(I) 회사와 계약을 했다. 아이(I) 회사가 원하는 장비는 품목별로 모두 준비했다. 선적할 날짜만 기다리고 있다. M 회사의 마지막 결재 통보 장비는'칼마'다. 연락을 받은 도 이사는 장비 대금을 지불하고 인천 주기장으로 칼마를 옮겼다. 신흥무역은 지금껏 이렇게 많은 장비를 매입해 수출해 본 적이 없다. 뉴질랜드로 가는 화물선에는 신흥무역 중장비로 가득했다. 인천 주기장에는 칼마만 한 대 덩그러니 남아 있다. 신흥무역 장비를 가득 실은 화물선은 뉴질랜드로 출발했다.

도 이사 집에 일이 터졌다. 도부기는 알지 못했다. 도 이사와 소영란이 함께 공모자였다. 소영란은 남편 모르게 집문서와 인감도장을 빼내 집을 담보로 하고 수출 장비 대금을 마련해 줬다. 하 사장과 도 이사는 합작으로 투자하여 함께 회사를 늘려 나가자는 의도 아래 신흥무역을 공동명의로 바꿨다. 도 이사는 어머니 송영란과 짜고 이번 수출 한탕에 집을 걸었으나 장비를 실은 화물선은 뉴질랜드로 가다 갑자기 태평양에서 발생한 태풍으로 바닷속으로 잠적하고 말았다. 신홍무역은 뉴질랜드 아이(I) 회사와 복잡한 관계로 얽히게 되었다. 남의 돈을 끌어서 물건을 매입한 하 사장은 자취를 감춰 버렸다. 기철이 또한 집을 담보로 해 날려 버리고 어디론가 사라졌다. 뒷감당을 해야 하는 소영란은 뒤늦게 부기한테 자초지종을 말했다. 기철이의 꿈과 소망을 이뤄 주려 했던 애절한 절규였다. 영란은 자식이 원하는 소망을 외면할 수가 없었다고 한다. 기철이는 혼자서 무역회사를 차릴 만한 경험과 업무적인 실력을 소유하고 있었다. 기철이도 이젠 독립을 하려면 자본금이 있어야 한다. M 회사의 장비가 돈을 벌 기회였다. 하 사장이 M 회사의 장비를 탐내는 그 이상으로 도 이사도 관심을 가졌다. 도 이사는 자본이 있어야 돈을 벌 수 있다고 어머니한테 도와 달라고 애원했다. 자본이 있다손 치더라도 혼자서는 투자할 수가 없다. 고가의 장비는 자본이 많이 소요됨으로 하 사장과 합작으로 동업을 한 것이다.

영란의 잘못보다는 차라리 기철이의 반성처럼 들렸다. 영란은 자식을 잃고 집을 날렸다고 통곡을 했다. 부기 씨는 자리를 박차고 일어났다. 부기 씨와 영란은 집을 처분했다. 기철에게 얻어준 빚을 청산하고 이사를 했다. 친구가 개발을 염두에 두고 사둔 집이다. 개발은 시작되지 않았으나 살든 사람들은 하나둘 이사를 나가고 있었다. 부기는 하루 벌어 하루 사는 날일을 찾아야 했다. 영란은 식당에서 허드렛일을 마다하지 않고 옮겨 다니며 일했다. 부기는 새벽 일력 시장으로 하루 일자리를 얻으러 나갔다.

오늘은 전자제품 대리점 일이다. 100평은 되어 보이는 창고에 제품이 가득했다. 팔레트에 올려진 제품들을 지게차가 들어와 밖으로 싫어 내고 바닥을 깨끗이 쓸어낸 다음 시멘트 바닥을 물기 없이 걸레질했다. 다시 지게차로 팔레트를 떠서 물건들을 안으로 들여왔다. 여름 상품은 뒤로 겨울 상품은 앞으로 옮겼다. 과장은 서두르지 말고 옮기라며 부딪거나 흠이 나지 않게 주의를 시켰다. 창고 일이 끝날 무렵 과장은 에어컨 실외기를 떼러 간다고 부기와 동행을 했다. 아파트 10층 가정집으로 들어갔다. 과장은 좁은 베란다에서 공구 상자를 펼쳐놓았다. 복스알을 집어 복수 대에 꽂았다. 실외기 받침대 양쪽을 풀었다. 뽑아낸 볼트와 복스 대를 부기한테 넘겨주었다. 과장이 난간대 위로 사뿐히 올라갔다. 난간대 위에서 두 다리를 벌렸다. 허리를 기억 자로 접더니 실외기를 가랑이 사이로 올렸다. 허리를 펴는 순간 과장의 몸은 용수철 튀듯이 난간대 위에서 무거운 실외기와 함께 360도를 회전했다. 과장의 시선이 밖에서 안으로 바라보며 베란다 아래로 실외기를 내려놓았다. 밖에 있던 실외기가 베란다 안으로 들어왔다. 과장은 차에 갔다 온다며 현관을 나갔다. 부기는 아래를 내려다봤다. 가물가물한 바닥은 현기증이 났다. 안전장치 하나 없이 아래를 보며 실외기를 들고 회전한 것이 도저히 믿어지지 않았다. 퇴근 시간이 가까워져 왔다. 부기는 베란다 안으로 들어온 실외기를 현관까지 옮겨야 겠다고 생각했다. 양손으로 실외기를 잡고 발목까지 들어 올렸다. 한발 한발 거실을 가로질러 신발장까지 왔다. 실외기를 내려놓고 허리를 펴려는 순간 주저앉고 말았다. 허리는 실외기 무게를 견디지 못했다. 끊어지는 것처럼 통증이 오더니 갑자기 어지러워 앞이 보이지 않았다. 꼼짝 못 하고 몸이 굳어졌다. 들이닥친 과장에 짜증스러운 질책도 들리지 않았다. 과장하고 집주인 대화가 희미하게 들렸다. 실외기가 엎혀진 핸드케리를 엘리베이터 안으로 밀어 넣었다. 과장은 부기를 부축해 엘리베이터 안으로 들어갔다.

부기가 눈을 뜬 것은 병원 침대였다. 영란이 모습이 아른거리고 부기 손을 잡고 떨고 있었다. 몸을 움직여 보았으나 꼼짝할 수가 없었다. 의사는 척추가 탈골되었다며 수술 아니면 물리치료를 말했다. 지금 상태로는 입원하여 몸을 움직이지 말아야 하고 수술을 권했으나 부기는 물리치료를 하겠다며 퇴원을 고집했다. 퇴원해서 집에 돌아왔다. 허리는 움직일 수가 없다. 영란은 식당을 열심히 다녔다. 곰국은 떨어지지 않게 사다 주었다. 오전에 영란이 출근하고 나면 부기는 혼자 누워있다. 대낮

에도 천정에서는 쥐들이 떼로 몰려 행렬하듯 우르르 지나가고 나면 조용한 적막감이 방안을 가득 메웠다. 부기는 아무 일도 할 수 없다. 몸은 다쳐있고 모아둔 돈도 없다. 무능한 육십 대가 되어 아내를 식당에 내보내고 벌어오는 돈으로 입의 풀칠을 하고 있다. 그럼 나는 뭐냐고 자신에게 묻고 있었다. 남편으로서 부기는 기철이 아버지로서 이제까지 살아온 자신을 돌아다봤다. 가정과 아버지라는 존재를 쑥밭으로 만들어 놓고 사라진 기철이가 괘씸했다. 치사하고 더러운 놈, 만나면 따져보겠다고 소리치지만 갇혀있는 몸이 되고 말았다. 그래도 척추 탈골은 금방 나았다.

영란은 피곤한 줄 모르고 더 준다는 식당이 있으면 옮겨 다녔다. 벼룩시장 광고를 두서너 개씩 들고 들어왔다. 벼룩 신문을 방바닥에 던지고 부엌으로 나갔다. 부기가 벼룩 신문을 보다가 직업전문학교가 눈에 들어왔다. 중장비 면허취득을 교육하고 면허취득 후 직장도 알선한다는 내용이었다. 수업료는 국비로 전액 면제다. 매월 교통비까지 준다니 광고에서 눈을 뗄 줄 몰랐다. 세상이 좋아졌다. 나라가 부강한 것에 감사하고 고마웠다. 그러나 부기는 곧 실망했다. 나이가 60세까지로 되어 있다. 부기로서는 넘겨다 볼 수 없는 나이였다. 그러나 영란이 생각은 달랐다. 입학기준을 육십으로 한다면 부기는 호적상 3살이 줄었다고 했다. 부기는 희망을 품었다. 전화로 알아보든지

학교를 들러볼 수 있느냐고 재촉했다. 영란은 내일 당장 갔다 오겠다며 면허증을 취득해서 어디다 쓸 거냐고 웃고 있었다. 부기는 취직할 참이라고 했으나 영란은 요즘같이 젊은 실업자가 많을 때 일자리를 얻은 게 문제라고 했다. 놀고 있는 부기로서는 지푸라기라도 잡을 심산으로 면허증이 필요했다. 부기는 영란에게 메모해 주었다. 입학이 가능한가, 면허를 취득하면 어디고 일자리를 얻을 수가 있는가, 두 달 후에 입학해도 되는지 된다면 참고할 만한 책 좀 빌려줄 수 있나 부기는 메모한 쪽지를 영란에게 주면서 공손히 알아보라고 했다. 만약 어떤 면허를 원하느냐 물으면 지게차라고 대답하라고. 학교를 다녀온 영란은 책을 내려놓으며 말했다. 학교 입학은 가능하고, 일자리는 3교대 하는 곳에서는 나이 드신 분을 끼워서 쓰는 데가 있어서 가끔 일자리가 나온다고 했다. 면허는 본인이 노력하기에 달렸고, 기능직이라 숙달만 잘하면 면허도 쉽게 따낼 수 있고 두 달 후엔 새로운 기수를 모집한다는 내용까지 자세하게 알아 왔다.

　노인 하나가 건물로 들어섰다. 입구에는 노동부 산하 '직업전문학교'라고 간판이 붙어있다. 노인 이름은 도부기다. 교육하는 동안만은 끝날 때까지 교육비 전액 무료이고 교육 기간에는 교통비와 점심값도 지급된다. 그런가 하면 면허취득 후 취직자리도 알선해준다. 젊은 실업인을 구제하기 위한 대책으로 나라에서 보조해주는 중장비 교육 전문학교다. 부기가 면담할 때 특별히 더 질문을 받는 것은 노인이기 때문이다. 매월 나오는 교통비와 점심값을 받으려고 입학하려는 것은 아닌지 그도 아니면 지게차 면허를 취득해 취직이 목적인지 사업적으로 밀집된 공장들을 상대로 상하차 작업을 하려는 것인지 취직할 회사가 있어 지게차를 매입해 임대업을 하려는 것인지 여러 각도로 질문을 받아야 했다. 도부기는 취직이 목적이라며 면허증이 꼭 필요하다고 소신을 확고히 말했다.

도부기는 직업전문학교에 입학했다. 학생들은 모두 자유스럽게 교실에 앉았다. 번호만은 나이순이다. 제일 연장자가 1번이고 제일 적은 사람이 끝번이다. 부기는 2번이다. 이론 공부를 두 달 동안 공부해오길 다행이다 다음 달 말에는 관리 공단에서 이론 시험이 있다. 여러 번 반복해 익힌 덕분에 선다형은 풀 수 있으나 전문적인 지식이 있는 것은 아니다. 국가에서 보는 이론 기능사 합격선은 60점 만점에 40점을 받아야 합격이다. 반 학생들은 거의 좋은 점수로 나왔고 부기도 합격 점수가 나왔다.

내일은 필기시험 보는 날이다. 서울 마포구 공덕동에 있는 관리공단에서다. 오전 9시 10분 전까지 수험장에 앉아 있어야 한다고 선생은 몇 번을 강조했다. 부기는 남보다 일찍 출발해 정해진 자리에 앉았다. 시험은 어렵지 않았다. 시험이 끝나고 곧장 집으로 가려 했으나 반 학생들이 모두 시험을 잘 보아선지 서로가 점심을 내겠다고 팔을 잡아 부기도 어쩔 수 없이 합석했다. 점심이 끝나고 술자리가 계속됐다. 한 학생이 선생과 통화를 하면서 소리쳤다. 우리 반 학생들에 합격자를 하나하나 부르면서 환성이 끝이질 않았다. 그 속에는 부기도 들어있었다. 모두가 기분 좋은 날이다.

기쁨도 잠시뿐이다. 필기시험에 합격했다고 달라질 것은 아무것도 없었다. 담임 선생은 오히려 실기시험을 강조하며 학생들의 정신상태를 압박했다. 1차 합격을 했다 해서 정신상태가 흐려져서는 안 된다. 실기야말로 손과 발 머리가 혼연일체가 되어 능숙하게 연습하지 않으면 합격은 불가능하다. 실기 선생도 따로 있고 실습 장소도 여기가 아니고 실습장으로 가야 한다며 내일 학교 버스 타는 위치를 말해 주었다. 이튿날 아침 모든 학생은 통학버스를 타고 실습장에 도착했다. 이론 선생이 실기 선생을 소개했다. 실기 선생은 작은 키에 이목구비가 야무져 보였다. 스포츠머리를 하고 예리하고 냉기가 도는 50대 초반으로 보였다. 장비를 다스릴 때는 정신을 똑바로 차리고 자신감을 가져야 한다. 머리로는 판단을 정확히 하는 습관을 들여야 한다. 서두르지 말고 가르치는 대로 열심히 배우고 습득해 달라며. 실기는 오로지 기능이니 기계 조작을 확실히 익혀놓으면 어렵지 않게 숙달된다고 했다. 말하는 도중 부기는 가끔 선생과 눈이 마주칠 때마다 고개를 끄덕였지만, 머릿속에 들어오지는 않았다. 때때로 긴장감이 오는 것은 이해하지 못하는 대목에서 오는 불안감이었다. 실습은 부기부터 시작되었다. 1번이 이론에 떨어져 실기로 못 넘어왔기 때문이다. 부기가 2번에서 1번이 되었다. 부기는 선생의 지시대로 레버를 중심에 놓고 키를 비틀어 시동을 걸었다. 오른발로 자신도 모르게 얼떨결에 액셀을 힘껏 밟고 말았다. 선생이 벼락 치는 소리로 내려오라고 소리쳤다. 선생은 다시 설명하며 강조했다. 부기는 선생이 가르치는 말들을 낱낱이 메모를 해야 한다고 생각했다.

전방에 팔레트 하나가 드럼통 위에 얹혀 있다. 부기는 가끔 메모장을 보고는 중얼거렸다. 왼손으로 핸들 볼을 잡고 첸지레바를 중립으로 논 다음 시동키 돌리고 시동이 터지면 싸이드 브렛기 풀고 지면에서 30센티 정도 포크발 올리고, 마스터를 뒤로 약간 기울인 다음 전진 키 넣고 앞에 보이는 드럼통을 향해 전진한다. 포크 발이 드럼통에 닿지 않게 정지한다. 포크 발을 올리면서 팔레트에 삽입한다. 5센티 정도 덜 삽입된 듯할 때 삽입을 정지하고 마스터를 약간 뒤로 기울인다. 뒤를 보고 뒷바퀴를 일자로 정렬한 뒤 후진하면서 팔레트를 하강시키고 뒤 라인까지 거의 왔을 무렵 브레이크를 살짝 밟으며 꽁무니를

좌로 약간 틀면서 정지한 다음 오른손으로 핸들을 시계 방향으로 최대한 돌린 상태에서 전진 기아 넣고 다시 왼손으로 핸들 볼을 쥐고 오른손으로 레버를 잡은 채로 빠른 속도로 1라인을 빠져나간다. 대각선으로 두 번째 라인을 들어서면서 우측 라인으로 몸체를 붙이고 3라인으로 진입한다. 끝나는 선에서 빠른 속도로 4라인을 통과 5라인에 들어설 때 우측으로 들어서며 바닥에 놓여있는 팔레트 위에 싣고 온 팔레트를 내려놓는다. 포크를 약간 내려 포크 발을 빼면서 후진한다. 터치다운(포크 발을 바닥에 살짝 내렸다 올리는 위치)선까지 후진 후 정지한다. 포크를 지면에 터치한 다음 포크 발을 상승시켜 전진한다. 지게차는 다시 내려놓은 팔레트를 포크로 삽입해서 상승시킨 후 좌측 라인으로 꽁무니를 붙이고 후진으로 6라인으로 진입한다. 6라인 통과 후 7라인으로 드라스면서 안전하게 후진으로 1라인으로 들어갈 준비를 한다. 지게차는 1라인 범위를 벗어나지 않게 후진으로 정지했다가 전방을 주시한다. 전방에는 아무것도 올려있지 않은 드럼통이 서 있다. 전진해서 드럼통 위에 지금껏 들고 다녔던 팔레트를 내려놓고 포크 발을 빼서 신속히 하강하고 후진해서 1라인 밖으로 나와 정지하고 포크 발을 지면에 내려놓고 레버를 중립시킨 뒤 싸이드를 채우고 시동 끄고 지게차에서 내려온다. 지금까지 메모한 내용 모두가 실기시험 대비에 기본 뼈대라고 선생은 가르쳤다. 부기는 잘못 기재한 부분이 있으면 라인으로 달려가 발짝으로 계산도 해보고 메모한 것을 수정도 해가며 '정신일도 하사불성'을 되뇌었다.

　오늘은 면허시험장에 가는 날이다. 부기의 목에는 28번이 걸려 있다. 출발은 버저 신호로 시작해서 원위치로 돌아오는 시간이 4분을 넘으면 실격이다. 25번까지 주행했지만 합격한 사람은 3명뿐이다. 스피커에서 부기 번호를 부르는 소리가 들렸다. 부기가 지게차에 올랐다. 버저 소리가 출발을 알리자 시동을 걸고 싸이드를 풀었다. 포크 발을 올리고 엑셀을 밟았다. 드럼통 위에 팔레트를 삽입해 들어 올렸다. 2라인으로 진입하자 '휙'하고 휘슬을 불었다. 달려온 시험관이 어이없다는 듯이 부기를 쳐다봤다. 시험관 손가락이 하늘을 향해 팔레트를 가리키고 있었다. 팔레트를 떠 가지고 하강도 하지 않고. 2라인으로 들어온 것이다. 부기가 봐도 실격은 당연했다.

　두 번째 시험을 대비해 선생은 온 힘을 다해 가르치고 있었다. 끊임없이 메모하면서 쓴 것을 또 고쳐 써 가며 부기는 열심히 노력했다. 서두르면 불안감이 생긴다. 서두르지 말자 크게 호흡을 자주 한다. 실습장에서 교육받던 대로 느긋하게 하자. 부기는 자주 '정신일도 하사불성'을 입속으로 중얼거렸다. 두 번째 시험 날이다. 버저 소리와 함께 시동을 틀고 전진했다. 1라인을 완벽하게 처리하고 2라인 지나 3라인까지 긴장을 늦추지 않고 통과했다. 4라인도 무사히 통과 5라인을 들어서며 우측으로 방향을 틀었다. 바닥에 놓인 팔레트 위에 가져온 팔레트를 내리고 터치다운으로 후진했다. 포크 발을 바닥에 터치하고 상승시켜 전진했다. 가져온 팔레트에 포크 발을 삽입했다. 지게 발은 삽입되지 않았다. 가져온 팔레트를 포크 발로 밀어버렸다. 밀려 나간 팔레트가 시험에서 인정하는 30센티보다 훨씬 앞으로 더 밀려 나가고 말았다. 호루라기 소리가 날카롭게 귀를 찔렀다. 부기는 자기 잘못을 인정하고 말았다. 26명 중에서 20명이 합격하고 6명이 실격되었다.

6명이 떨어진 상태로 졸업식은 거행되었다. 다시 들어온 기수와 실습을 합류해야 했고 그들의 일정에 끼워 넣고 실습을 했다. 후배들은 당당했고 선배는 향시 양보하며 실습을 해야 했다. 세 번째 시험장은 대구로 했다. 이달에 시험 보는 곳이 전국적으로 대구밖에 없었다. 부기 씨는 1라인부터 정확하게 정석으로 코스를 밟았다. 모든 라인을 통과하고 출발지점인 1라인으로 들어오는 순간 시험관이 타이머를 부기한테 들이댔다. "뭐요?"부기가 소리쳤다. "시간 오버요?"시험관 말이 끝날 새 없이"얼마를?"부기는 소리쳤다. 시험관은 50초라고 했다. 부기는 또 실격이다. 6명이 가서 혼자만 떨어졌다. 힘없이 부기는 집으로 돌아왔다. 영란은 고개 숙이고 아무런 소리 없는 부기를 보자 입술을 한쪽으로 모았다. 부기는 6명이 가서 혼자만 떨어져

면목이 없다고 고개를 떨어뜨렸다. 영란은 부엌으로 가서 소주 병을 들고나왔다. 부기는 평시에도 술을 하지 않지만, 한잔 따라 놓고 자꾸만 마시라는 성화에 입으로 가져갔다. 영란은 모든 일이 자기 잘못으로 이렇게 된 거라며 잘못을 용서해주고 기죽지 말라고 무릎 꿇고 빌었다. 면허증을 취득한다 해도 마땅히 들어갈 자리도 없을 테니 너무 신경 쓰지 말고 쉬었다가 해보라고 했다. 육십 대 노인이 지금껏 버틴 그것만으로도 대단한 일이고 실기시험은 2년 동안 볼 기회를 준다니 기회도 많이 남았다고 위로했다. 부기는 계획을 다시 세웠다. 7월은 시험을 중단하고 단순 노무직을 알아보기로 했다.

8월 도전을 미리 접수해야 한다. 함께 공부했던 반 동료한테 8월 실기시험을 인터넷 접수를 부탁하고 접수비를 보냈다. 시험 이틀 앞두고 학교로 실습 선생을 찾아갔다. 선생은 반갑게 맞아주었다. 실습 선생의 배려는 점심시간 1시간을 허락해 줬다. 학생 하나가 지게차 키를 가져왔다. 부기는 지게차로 올라가 시험 운전을 했다. 이게 어찌 된 일인가 이상하리만치 주행이 잘되었다. 그렇게 쉬울 수가 없었다. 한 달 만에 잡아보는 것인데 새로운 기분과 느껴오는 맛에 들떠있었다. 목에 건 타이머를 누르고 등 뒤로 던졌다. 주행코스를 한 바퀴 돌아 원점으로 오기까지 3분 20초가 나왔다. 합격 시간 40초를 당긴 셈이다. 손동작은 자연스럽게 빨라지고 머릿속에서는 다음 라인을 자연스레 찾아가고 있었다. 이렇게 즐거울 수가 없었다. 학생들 나오는 소리가 났다. 오후 실습시간이다. 부기는 지게차를 제자리에 옮기고 시동을 끈 다음 선생한테 달려가 인사를 했다. 선생은 붙을 때까지 실습 기회를 주겠다며 포기하지 마시고 열심히 하라고 배려해 줬다.

네 번째 시험장에 가는 날이다. 부기는 태어나 처음으로 기도를 했다. 합격할 수 있는 희망과 용기를 주십시오. 자신감도 주시고 어깨와 가슴을 누르는 긴장감도 떨쳐 주시고 이번엔 꼭 합격해 달라고 하나님께 기도했다. 동패리 시험장으로 출발했다. 4번째 시험장이다. 출발하라는 버저 소리가 들렸다. 시동을 걸었다. 머릿속은 민첩하고 예리하게 속도를 내고 있었다. 서두르면 안 된다. 시간을 단축하는 라인이 아니다. 정확한 순서를 신속하게 밟아야 한다. 손동작은 세련되고 예민해졌다. 지게차는 자연스럽게 1라인을 나와 2, 3, 4라인까지 날아와 눈 깜짝할 사이에 5라인까지 왔다. 빠른 속도로 터치다운을 끝내고 전진하여 내려놓은 팔레트를 다시 들고 후진으로 6라인에 접어들었다. 7라인을 빠져나온 뒤 계속 후진으로 1라인 시발점에서 정지하는 듯하다. 빠른 속도로 전진하여 정면으로 보이는 드럼통 위로 팔레트를 올려놓고 신속한 후진을 하면서 포크 발을 하강시키며 1라인 밖으로 원위치했다. 포크 발을 바닥에 내리고 싸이드 채우며 시동을 껐다. 부기는 지게차에서 내려 정신없이 가는데 누군가 소리쳤다. "아저씨 합격하셨습니다. 축하드려요." 누군가 손을 흔들어 주었다. 부기가 내린 지게차로 다음 수험생이 다가 서고 있었다. 부기도 손을 흔들어 보였다. 알 수 없는 해방감이 벅차올랐다. 고개를 들어 하늘을 봤다. 영란이가 웃고 있었다. 울컥하고 눈물을 쏟고 말았다.

 구진 일이건 막일도 외국인들이 조직적으로 알선되어 부기에겐 더욱 일자리 찾기는 어려웠다. 어쩌다 모집하는 곳을 찾아가면 나이가 많은 것과 경력이 없는 것이 핵심이다. 시키는 대로 열심히 하겠다는 부기 말은 통하지 않았다. 아버지뻘 되는 분을 어떻게 마구 부리겠냐는 것이 걸림돌이 되기도 했다. 많은 중소기업이 부도로 파산되었다. 지게차의 할 일은 큰 폭으로 줄어들었다. 젊은이들의 일자리도 없는데 노인의 일자리는 찾을 길이 없었다. 그러나 부기는 포기해서도 안 되고 밀려나서도 안 된다고 고집했다. 단순 일을 하면서 어디엔가는 노인도 일할 때가 있고 직장을 찾고 말겠다는 결심뿐이다. 부기는 시간이 날 적마다 파지를 수거해 손수레에 가득 실어다 팔기도 하면서 시간 있을 적마다 일자리를 찾았다.

학교에서 연락이 왔다. 면접 통지서를 받았을 때 임 대리가 몇 번을 강조했다. 기사 자리가 아니고 조수 자리라고 부기는 지금 이 현실에 조수 자리도 감지덕지라고 임 대리한테 허리 굽혀 인사하고는 제발 되기만 했으면 좋겠다고 웃으면 나왔다. 월드 피시 회사는 시멘트로 하수구 배관을 생산하는 회사다. 이튿날 부기는 회사를 찾아갔다. 과장은 오 기사가 있는 사무실을 가리키며 들어가 면접을 보라고 했다. 문을 열자 혼자 기다리고 있었다. "어서 오세요!" 오 기사는 일어나 의자를 가리키면 편안히 앉으라고 했다. 오 기사 나이는 부기와 비슷해 보였다. 왜 기사를 쓰지 않고 조수를 쓰는지를 설명했다. 취득한 면허증은 지게차 어느 톤 수를 불문하고 기사 생활을 할 수 있다. 그러나 면허취득은 3.5톤으로 연습해서 취득했다. 월드 PC 지게차는 15톤이고 오프리를 달아 20톤짜리 지게차인데 처음 면허를 따서 경력도 없이 대형지게차를 운전할 수가 없다. 그러니 조수 생활을 하다 대형지게차로 옮겨 타는 일은 몇 년이 걸릴지 모른다. 대형을 배우는 것은 본인 하기에 달렸다. 그럼 왜 기사를 뽑지 않고 조수를 뽑는가를 설명하겠다. 조수는 내가 쓰는 것이니 잘 들어 주길 바란다. 면접하러 온 분은 나보다 다섯 살이 적다. 오랫동안 조수를 찾았다. 연륜이 비슷하니 대화가 통하고 원만한 일에 꾀를 부리지 않고 불만하지 않고 이해성이 있다는 전제로 선택을 했다. 지금 그 연세에 눈치 봐가며

방촌
문학

일할 것도 아니고 시키면 꼬박꼬박 말대답할 것도 아닐 테고 이해성이 많을 것 같아 합격시켰다. 단지 걱정은 신체적 결함인데 그 내용은 김 과장이 물을 것이니 그리 알고 질문 있으면 물어보라고 했다. 부기는 눈물이 왈칵 솟았다. 이유는 합격이란 말 때문이었다. 오 기사는 누런 봉투를 건네주며 김 과장한테 전하라고 했다. 면접은 끝이다.

김 과장이 봉투 안의 내용물을 읽어갔다.

첫째가 장기적으로 먹은 약이고 불치의 병을 물었다. 시력 정신질환 그리고 현재 아픈 곳과 건강 상태를 물었다.

둘째는 조수 생활은 월급이 적은데 책정된 월급 외엔 명절 보너스가 있다. 적은 월급으로도 가능한가.

셋째가 현재 가지고 있는 지게차에는 올라갈 수가 없다. 지게차 키를 만져도 안 되고 조수로 근무하는 동안 기사 생활은 할 수 없다.

부기는 과장 질문에 정확히 대답한다며 건강진단서를 가져오겠다고 말했다. 불치병도 없고, 계속해서 먹은 약도 없다. 시력도 아직은 좋으며 건강만은 믿어 달라고 했다. 월급은 적으나 아내와 둘뿐이고 매월 크게 나가는 돈은 없다고 했다. 과장은 2차 면접은 학교로 연락하겠다며 본인도 깊이 생각할 시간을 가지라며 면접은 끝났다.

얼마 후 2차 면접 통보가 왔다. 부기는 기쁨을 감추지 못했다. 이력서 1통, 등본 1통, 면허증사본, 주민등록증을 지참하라는 내용이다. 월드 PC에서 시멘트로 만든 하수구 배관은 아파트에 들어서는 곳에 제일 먼저 땅속에 묻으며 높이는 보통 사람이 고개만 숙이면 들어갈 수 있는 대형 시멘트 배관이다. 과장은 반갑게 맞아주었다. 기재하라는 서류를 받았다. 내용을 읽던 중 '회사의 방침은 곧 오 기사의 방침이다.'라는 문구가 적혀있다. 방침까지 오 기사의 지시를 받는다면 지금 회사가 오 기사 것이 아닌가 생각도 들었다. 부기는 질문에 모두 대답하고 기재한 서류를 과장한테 넘겨줬다. 과장은 건네준 서류를 세심하게 읽어 내려갔다. 웃으며 입사를 축하한다며 반겨 주었다.

부기는 첫 출근을 했다. 칼마 앞에 섰다. 작은 지게차만 보다 칼마를 보니 집채만 하게 보였다. 칼마 월급은 한 달에 3백만 원이고 경력만 붙으면 일자리는 걱정 없다. 배가 드나드는 포트나 항만 제철공장 대형프로젝트 회사 등, 기사 생활은 얼마든지 있다고 임 대리한테 들었다. 칼마만 탄다면 머지않아 집도 살 수 있을 것 같았다. 부기는 내가 칼마를 탈 수가 있을까 하다가 "칼마를 타고 싶다." 소리 내어 말했다.

오늘은 칼마 검사하는 날이다. 오 기사의 지시로 칼마 세차를 서둘렀다. 두 사람이 찾아와 칼마 검사를 하고 있다. 그중

한 사람이 눈에 익었다. 부기는 가까이 가서 그를 자세히 확인했다. 그 남자는 전혀 부기를 몰라보고 있었다. 너무도 확실하게 떠오르는 신흥무역 하승일이었다. 언젠가 고속버스 휴게소에서 숨어서 봤던 잘생긴 얼굴, 하 사장이다. 저놈이 기철이와 모사를 해서 내 집도 날려 먹었다. 그것도 모자라 기철이까지 도망가게 했다면 내겐 원수가 아닌가. 하늘이 두 쪽 나도 너와 나는 오늘이 끝장이다. 부기는 돌아서서 공장사무실로 뛰어갔다. 두 손으로 오함마를 번쩍 들었다 내리쳤다. "한방에 머리통을 부셔야 해." 가쁜 숨을 토해냈다.

때깔

"뭘 그렇게 쳐다보니?"

K가 말했다.

쳐다보는 D의 눈빛은 불안했다. 함께 살면서 처음 들어 보는 소리다. D의 망막 속에 자리한 K의 미소가 심상치 않았다. 낯설게만 보였다. 마치 전쟁터에서 적을 만나기라도 한 것처럼 긴장되었다. 그의 눈빛보다는 손끝을 주시했다. 그는 열심히 알 수 없는 레시피를 준비하며 D를 곁눈질하고 있었다.

K가 하던 일을 멈추고 D를 불렀다. K는 굳어진 얼굴에 냉소적인 미소를 지으며 D의 머리를 쓰다듬고 입맛을 다시다가 꼴깍 소리가 나도록 침을 삼켰다. D는 더욱 K를 주시했다. 입을 앙다문 K는 긴말은 필요 없다는 듯이 눈빛으로 말하다가 자신도 모르게 입 밖으로 말이 튀어나왔다.

이 세상에서 가장 D를 사랑한다고 말했다. 한숨을 깊게 내쉬고는

"사랑하니까 너를…."

그 다음은 들리지 않았다. K는 잘잘 때도 D를 안고 잠이 들

었다. 감기라도 걸리면 약보다는 병원을 찾아갔다. 산책을 갔다 오면 목욕도 시켰다. 추울 때는 따듯한 옷도 사주었다. 잠자리에서는 귀에다 대고 백 살을 살던 더 살던 함께 살다 같이 죽자고 제멋대로 약속도 했다. 그럴 때는 D는 죽고 싶도록 행복했다. 아무래도 D보다 K가 더 많이 D를 사랑했다. K는 자기 입맛에 맞도록 다시 레시피를 고치고 있었다.

K가 D를 안아주었다. 아주 사랑스럽게 D의 얼굴을 돌려 귀를 잡고 키스를 길게 했다. 그 순간 D는 K가 중얼거리는 소리가 분명히 똑똑하게 들렸다.

"이게 너와 나의 마지막이야."

K가 둔기로 D의 머리통을 내리쳤다. D는 죽었다. 마지막 숨을 거두며 다리를 바르르 떨었다. K는 즉시 DM 머신에 뚜껑을 열고 D를 다리부터 쑤셔 넣었다. 스위치를 on으로 눌렀다. 얼마 후 기계에서 알람 소리가 나자 D를 끄집어 내여 도마 위에 발랑 제껴 놓았다. 왼손으로 뱃가죽을 집어 올리더니 예리하고 뾰족한 회칼로 뱃가죽을 위에서부터 아래로 찢어 내렸다. 배 속에는 이름 모를 내장들이 가득 들어있었다. 내장 속에서 몇 개를 뜯어내고는 배 속을 비웠다.

K의 손끝이 제일 먼저 간 것은 머리에 박힌 두 개의 눈알이었다. 조심성 있게 두개골을 잡고 다치지 않게 예리한 송곳 칼로 끄집어내는 일이었다. 조심조심 눈알을 후벼 파내는 데 성

공했다. 그다음은 싱을 파냈다. 끓은 물에 싱과 눈알을 집어넣고 열을 더 가했다.

칼로 찔러 익었나 확인하고는 도마 위에 올려놓고 토막을 냈다. 레시피는 보지도 않고 깨소금에 한 점을 찍어 입으로 가져갔다. 그 맛은 둘이 먹다가 하나가 죽어도 모르는 형용할 수 없는 기이한 맛이라며 K는 알 수 없는 신음 소리로 하늘을 향해 지껄이고 있었다.

"먹고 죽은 귀신은 때깔도 좋다는데 그 말이 정말일까?"

K의 얼굴엔 흡족한 미소가 가득했다. K가 질겅질겅 씹어 삼킨 살점은 닥스훈트 D의 싱이었다.

정장한 노인은 보신탕 광이라고 말을 했다. 지금 한국에는 보신탕 파는 데도 없고 법으로 정해져 개를 도축할 수 없게 되어 있다며 몇 년 동안을 먹어보지 못한 개고기를 하도 먹고 싶어서 기르고 있는 반려견을…. 그만, "그게 글쎄…" 하고 말을 다 맺지 못하는 노인에 눈 밑이 애처롭게도 젖어 있었다.